Descubre el **sentido** de vivir y tu propósito en la vida:

*Una guía para **transformar** tu vida paso a paso.*

Juan G. Figueroa Carrer, Psy. D.

San Juan
2012

Descubre el sentido de vivir y tu propósito en la vida:
Una guía para transformar tu vida paso a paso

Segunda edición, 2012

©2012, Juan G. Figueroa Carrer, Psy. D.
tupropositoysentidodevivir@gmail.com

HC-01 Box 5290
Ciales, Puerto Rico 00638

Publicación:
Sinónimo, Inc. www.sinonimopr.com
Diseño y paginación:
Eduardo Veguilla González
Diseño de caratula:
Jesús Quiñones (Kchu)
Fotografía:
Carlo X. Ortiz Otero

ISBN: 978-1-61887-009-4

Este libro se encuentra también disponible en edición electrónica:
Descubre el sentido de vivir y tu propósito en la vida (e-book)
eISBN: 978-1-937891-15-2
www.sinonimopr.com

La vida es mi tema favorito, a través de ella existo, no me rindo,
quiero sentirla hasta el final, quiero que me abrace y no me suelte,
mi condición no me impide ser feliz...

Adabel Rosario
una sobreviviente de distrofia muscular

Tabla de contenido

*A todos y cada una de las personas
que han asistido a mi consultorio.
Gracias a ustedes he aprendido a reconocer
y a valorar cada día más esta profesión
y a la humanidad misma. Es por todos ustedes
por quienes he puesto todo mi empeño
y dedicación para ofrecer en este libro
un compendio de las destrezas
que todo ser humano necesita
para transformar su vida
y conocer el por qué de su existencia.*

Agradecimientos

Dios por darme el regalo más preciado que es la vida misma. La bendición de existir y vivir mi vida al máximo con cada día que pasa. Agradezco la dicha de toparme con cada una de las personas en mi vida que de una forma u otra han colaborado en la formación de mi persona como ser humano. No creo en las coincidencias. Creo en una conexión perfecta de acciones, sucesos, experiencias y relaciones que nos ocurren día a día para que lleguemos a alcanzar lo que nos proponemos.

A dos seres especiales y llenos de sabiduría por quienes hoy existo, respiro y me dirijo a todos ustedes en este libro: mis padres, María E. Carrer Rivera y José A. Figueroa Fernández. No basta una vida para expresarles el amor y el orgullo que siento de ser su hijo. Los amo. Les agradezco por amarme intensamente y apoyarme como una familia unida y amorosa. A mis dos hermanos Joemar y Jesús, dos personalidades espectaculares y con un propósito en mi vida inigualable. Son inspiración y orgullo, son mi soporte y felicidad ante cualquier adversidad. Espero que esta nueva meta les sirva también a ustedes como ejemplo y ayuda en su vida colmada de éxitos y bendiciones.

A mis amistades a través del transcurso de mi vida, personas que en momentos de necesidad y en momentos de adversidad fueron bastones de apoyo y aliento. Personas como la Dra. Diana Camacho, Dra. Rocío Martínez, Dr. Rodnie Morant, Jorge Medina, Dra. Elsa Obén, Kathryn O'connor, Dr. Gerardo Rivera, entre otras. A veces creemos que no influenciamos ni ayudamos a muchos en nuestro pasar por la vida, pero cada uno de ustedes significa parte de este gran paso que he alcanzado como profesional de la salud, así como con la realización de este libro.

Son tantas las personas que han impactado mi vida que sería imposible poder mencionarlos a todos, pero tengo la tranquilidad que se los he podido comunicar personalmente.

Un especial agradecimiento a mi colega y amigo, el Dr. Jaime Veray, consejero y mentor de este gran sueño que representa este libro. Ha sido usted un ejemplo a seguir, un soporte y base en este arduo caminar en la profesión de la psicología. Profesores como usted son los que todo estudiante debe tener para que puedan dirigir su carrera como profesionales dando el máximo de su potencial. Gracias por creer en mí y ofrecerme su apoyo incondicional.

A ti, Adabel Rosario, ejemplo digno de admiración ante las adversidades de la vida. Enseñanza pura de lo que es tener fe y amor incondicional. Gracias por tu aportación y participación en este escrito, tus palabras son más que pruebas testimoniales de lo que es *el sentido de vivir y el propósito de la vida*. Como te mencioné cuando nos conocimos, no creo en las casualidades, tu aportación en este libro es parte de tu propósito en la vida.

Finalmente y no menos importante, a ti lector que tienes este libro en tus manos. Gracias por darme la oportunidad de ofrecerte nuevas herramientas que ayudarán a cambiar tu vida. Reconoce que si ha llegado a ti, sin importar en qué forma, ya sea como regalo, que lo hayas comprado, o hasta por error, debes entender que no es casualidad, es parte de las lecciones que desea proveerte la vida. No la desperdicies y aprovecha la oportunidad. Sácale el mejor provecho al mismo y no te quedes con el conocimiento para ti solamente, difunde la información, regala el conocimiento adquirido, ayuda a los demás a que conozcan su propósito en la vida y el sentido de vivirla. Recomiéndales que al igual que tú, adquieran este libro que podrán utilizar por el resto de su vida. Cada vez que se sientan sin una guía o que han perdido su rumbo, pueden acudir a las páginas de este libro para que puedan encaminarse a descubrir el sentido de vivir y su propósito en la vida. No hay nada que perder. Esta es una de esas situaciones en donde es ganar o ganar.

Que Dios los bendiga y les provea de toda la felicidad y dicha que cada uno de ustedes se merece. Gracias por estar ahí siempre...

Juan G. Figueroa Carrer, Psy. D.

Descubre el sentido de vivir y tu proposito en la vida

Prólogo

Estimados/as Lectores/as

E s un placer para mí presentar el reciente trabajo del Dr. Juan Gabriel Figueroa Carrer, Psicólogo Clínico Licenciado. Conocí al Dr. Figueroa para el año 2002 en la Universidad Carlos Albizu cuando llegó con un Bachillerato en Psicología de la Universidad de Puerto Rico, Recinto de Río Piedras. Para este tiempo, el Dr. Figueroa había sido aceptado como estudiante al Programa Doctoral en Psicología Clínica Psy.D. y como parte de su currículo de estudio, tomó tres cursos con este servidor, tales como: Psicología Social Transcultural, Bases Sociales del Comportamiento en Puerto Rico y Diseño y Administración de Programas de Servicio Humano. Fue por medio de su participación en mis clases que pude evaluar sus capacidades y conocimientos así como constatar el empeño y el trabajo que le ponía al logro de sus metas profesionales. Sobre todo, mostraba una gran calidad como ser humano y como futuro profesional, demostrando un alto sentido ético y de compromiso hacia la Psicología como ciencia y profesión. Siempre se mantuvo enfocado, estructurado, organizado y muy dirigido a la consecución de sus metas. Además, siempre se destacó por su capacidad para análisis crítico, su capacidad para promover y ejercer la objetividad; para establecer buenas relaciones sociales, interpersonales y profesionales con sus compañeros/as y supervisores/as; en fin demostrar un excelente desempeño académico y clínico.

El resultado de este esfuerzo y dedicación se hace evidente cuando el Dr. Figueroa obtiene primeramente una maestría en Psicología Clínica y finaliza con una distinción en su doctorado en Psicología Clínica (Psy.D.). Luego, se licencia por el estado y abre oficina para la práctica privada, ofreciendo diferentes servicios, desde evaluaciones psicométricas y psicológicas hasta psicoterapia e intervenciones psicológicas a variadas poblaciones tales como niños, adolescentes, adultos, parejas, familias y personas de edad avanzada.

Hoy el Dr. Figueroa utiliza todos sus conocimientos y capacidades para plasmarlos de una manera sorprendente en este libro titulado muy sabiamente: *Descubre el sentido de vivir y tú propósito en la vida: Una guía para transformar tu vida paso a paso.* Extraordinariamente, el Dr. Figueroa tiene la capacidad, no solo de relatar procesos psicológicos complejos de una manera sencilla, sino de plantear la aplicabilidad de cada concepto y proceso de forma práctica. El poder escribir de esta forma sencilla y práctica hace que el/la lector/a reciba todo el beneficio de la enseñanza impactando y mejorando la calidad de vida de estos/as. Esta es una facultad que muchos autores desean, pues realmente les permite integrar cada concepto poco a poco y que los/as lectores/as puedan del mismo modo internalizar los mismos. Solo así se puede lograr: 1) la verdadera capacitación y educación; 2) impactar positivamente la calidad de vida de otros/as. Este será su mayor legado pues considero que a través de la lectura de este libro, tú, lector/a, aprenderás no solo a reconocer situaciones o eventos de tu vida que te han marcado, sino a poder ver qué procesos se impactaron, cómo te afectaron en el desarrollo de la personalidad, cómo se pueden utilizar otros procesos como la motivación y la resiliencia para no estancarse, sino más bien convertirse en un sobreviviente. Una vez en este punto, comenzar a encontrar soluciones a las diferentes situaciones que viven y comenzar de esta forma a marcar la diferencia: tú alternativa u opción única es vivir. Si, vivir para él/ella y para realizar su propósito de vida, porque siempre todos/as como seres humanos, como seres divinos, todos tenemos un propósito de vida y un para qué seguir viviendo.

De esta forma lector/a, te invito a adentrarte en esta aventura de leer este libro que estoy seguro propiciará todo bienestar físico, emocional, mental y psicológico para tu vida. Si verdaderamente hoy quieres obsequiarte algo positivo y con mucha bendición para tu vida, este es el libro que dejará esa huella imborrable en ti. Personalmente te lo recomiendo, pues ya tuve el placer y el deleite de leerlo mientras ayudaba en la parte de edición del manuscrito. Deseo que tu vida se enriquezca al entrar en contacto con este libro y que al leerlo, se cumpla la razón de ser del mismo, que estoy seguro, es mejorar la calidad de vida de todos los seres humanos que lo lean.

Agradezco al Dr. Juan Gabriel Figueroa Carrer el haber puesto esta joya valiosa disponible para ofrecer luz, guía, aliento, valentía, coraje, determinación, ánimo, fuerza y fortaleza en beneficio de la sociedad puertorriqueña y del mundo entero, que tanto lo necesita porque está tan plagada e inundada del exceso de violencia, agresión, hostilidad, criminalidad y otros tantos males que obviamente impactan la calidad de vida y salud mental de cada puertorriqueño/a y de todo ser humano en el mundo.

Me siento muy orgulloso/a de ti y sin temor a equivocarme puedo decirte que: 1) no te detengas en tu afán de servicio y de continuar impactando la vida de otros/as; 2) estoy disponible para continuar ayudándote y colaborando contigo en pro de mejorar la calidad de vida de las personas; y 3) siéntete orgulloso y con inmensa satisfacción porque con esta gran aportación, tu libro, sigues encontrando el propósito de tu vida y das luz y guía para que otros/as encuentren su propósito.

¡Que Dios les continúe bendiciendo hoy y siempre a todos/as ustedes lectores/as, al Dr. Juan G. Figueroa Carrer y toda su familia! ¡Un fuerte abrazo y disfruten de esta nueva experiencia transformadora de vida!

Cordialmente,
Dr. Jaime Veray Alicea
Psicólogo y facultad de la Universidad Carlos Albizu

Todos los nombres y datos demográficos en los casos han sido cambiados por motivos de confidencialidad.

Capítulo I:
Las lecciones de la vida

"Cuando se aprende la lección, el dolor desaparece".
Elizabeth Küblrer-Ross

onducía a unas cincuenta o sesenta millas. Era aproximadamente la una y media de la madrugada cuando me
aproximaba al puente que conectaba al pueblo de Ciales con
Morovis. Regresaba de compartir con unas amistades en casa de una
amiga en Morovis junto a un viejo amigo. Típica costumbre de salir
a dar vueltas "para arriba y para abajo" —como diría mi madre—
buscando qué hacer un sábado en la noche. Era una noche clara,
fresca y habíamos pasado un buen rato. Solíamos siempre hacernos
chistes, bromeábamos el uno con el otro, pero siempre manteníamos
una buena amistad. Era esa época en la que no tenía —pensaba yo—
ninguna responsabilidad, más que visitar mi novia, salir por ahí y de
regreso a la universidad. Esa noche transcurría como cualquier otra,
pero justo cuando tomo la curva para llegar al puente, siento un ruido
estruendoso y perdí el control de mi corolla del 98 color verde. Fue en
cuestión de un segundo cuando sentí que el guía tenía el control del
auto y no yo. Trato de controlarlo, pero se me hace imposible. Es como
si el auto cobrara vida y decidiera para donde ir. La goma del lado

derecho del auto se había reventado. Mi corazón empezó a palpitar tan rápidamente que los sonidos de la música a todo dar y los gritos de mi amigo comenzaron a enmudecerse ante el imponente sonido de mi desesperado corazón. Mis manos comenzaron a sudar y todo a mí alrededor parecía desvanecerse poco a poco.

Muchas personas narran historias sobre el momento en que la muerte llega. Dicen que toda la vida se puede ver en un instante justo antes de que llegue ese preciso momento. En aquel minuto lo creí. Es cierto, mientras el auto comenzaba a aproximarse al puente, sin que pudiera controlarlo, los segundos parecían minutos, luego horas. Al llegar casi al medio del puente, el auto se barrió hacia el lado derecho y continuó su marcha hacia los barandales del puente. Fue en ese instante que comencé a ver esa película de las cosas que había hecho, de las personas que amaba y principalmente, mi mente se llenaba de pensamientos de culpa ante la idea de que causaría la muerte de mi amigo de una manera tan trágica y traumática para la familia. Pude ver en cámara lenta, mis momentos de alegría junto a mis seres queridos. Los rostros de cada uno de ellos, como si estuviera pasando una lista de los mismos. Realmente no sentía como si hubiera algo de que arrepentirme, pero me invadía la culpa porque sería recordado como quien causó la muerte de mi amigo.

Cuando el auto se aproxima a los barandales del puente, impactó con la parte frontal, la acera —que para nuestra suerte era alta— causando la disminución de la velocidad casi en el acto. Aún así, el auto alcanzó los barandales del puente e impactó los mismos, pero como había perdido la velocidad en el primer impacto, al romper los barandales, el auto retrocede cayendo nuevamente al medio del puente. Al momento en que el auto se detiene en su totalidad, mi corazón comienza a disminuir su imponente ritmo, los sonidos a mi alrededor comienzan a surgir nuevamente. Mi amigo está completamente mudo, su rostro era tan pálido como una hoja de papel, y simplemente nos quedamos varios segundos mirándonos el uno al otro tratando de entender por lo que justamente acabábamos de pasar. Esos segundos fueron interrumpidos por un fuerte sonido que provenía del motor del auto. Es en ese momento que recobro mis fuerzas y comienzo a reconocer los daños que había provocado. Mi amigo se baja del auto de inmediato y se dirige hacia el área frontal del mismo para saber cuáles habían sido los daños. Yo, aún continuaba con ambas manos en el volante del auto, desde donde podía ver el bonete doblado por la mitad y reconocí que ese fuerte sonido era de uno de los abanicos del auto que estaba tropezando con parte del metal del auto por el impacto. Pronto el sonido se silenció, luego que el abanico se destrozara ante el metal que le impedía ejercer su función de enfriar el auto, por lo que quedamos nuevamente en silencio. Me preguntaba a mí mismo: ¿Por qué no salieron las bolsas de aire? ¿Qué fue lo que pasó? Éste es mi segundo accidente, provocado por mí. ¿Qué me pasa? ¿Por qué a mí? ¿Qué dirán mis padres cuando llegue a mi casa con el auto así?

Eran tantas interrogantes a la vez, que sentía que mi cabeza iba a estallar ante la ausencia de respuestas. Por fin decido bajarme del auto para afrontar la dura realidad de los daños. Mi amigo miraba detenidamente el auto, pero su mirada atravesaba el mismo. Claramente no podía creer que estuviéramos vivos. Si el auto no hubiese perdido la velocidad en ese primer impacto, estaríamos en el fondo del río llamado Dos Ríos sin ninguna probabilidad de sobrevivir a esa caída.

—¿Qué te pasó? —me pregunta desorientado.

—Ni idea —respondí de inmediato—. Parece que la goma se reventó y perdí el control.

—Estamos vivos de milagro, pero tu carro sí que se fastidió —me dijo con una sonrisa leve en su rostro y añadió—, pero olvídate que por lo menos estamos vivos pa' contarlo.

—Pa' ti es fácil decirlo, pero cuando mami vea esto me va a matar —le dije, mientras imaginaba el sermón que me esperaba a la vez que me imaginaba cómo me matarían sino se morían ellos primero de la impresión al ver el auto.

—Mira a ver si el carro corre pa' irnos de aquí.

—Dale —respondí. Me dirigí al auto nuevamente, a paso lento, pensativo, desconcertado. El área frontal del auto estaba casi destrozada en su totalidad. Me senté, cerré la puerta y me quedé unos segundos mirando el volante, torcido por el impacto, y aún pensando en lo que acababa de pasar.

—¡Hey, tipo, despierta! —gritó, al no ver mi respuesta de encender el auto—. Dale préndelo pa' irnos.

—Okay —murmuré apenas, ya que sentía una tristeza que me embargaba por completo. Me resultaba imposible creer por lo que estaba pasando.

Cuando giré la llave, el auto encendió. El ruido que emitía antes que se destrozara uno de los abanicos, ya no se escuchaba. Así que hice la prueba de intentar moverlo en reversa y finalmente lo logré. Pero era muy difícil moverlo, ya que tenía que girar el guía más de lo usual para que respondiera a mi petición de girar las gomas por el guía torcido.

Fue en ese momento que apagué nuevamente el auto y decidí cambiar la goma para intentar llegar a mi casa. Mientras mi amigo buscaba las herramientas para cambiar la goma, yo permanecí en silencio. Miraba detenidamente el auto, pensaba una y otra vez el por qué había ocurrido esto. No salía de mi asombro y la preocupación de qué pasaría cuando llegara a mi casa. Regresé a la realidad cuando mi amigo me pidió ayuda para levantar el auto. Aflojó las tuercas tan rápido como pudo y buscamos la repuesta de la goma y se la colocamos. Una vez guardamos todo, era tiempo de emprender un camino que físicamente no era largo, pero que para poder guiar el auto en las condiciones que estaba, sería una eternidad.

Durante el tiempo que transcurrió para llegar a mi casa, solo podía ver en mi mente las escenas del evento que acababa de ocurrir. Era como ver una escena de una película una y otra vez aunque no quisiera hacerlo. Claro, hoy día sé —por mi preparación académica— que a esa película se le llama *flash back* que es totalmente esperado y normal para una persona que experimenta una experiencia traumática como la que yo acababa de pasar. Pero en ese momento no entendía el por qué no podía dejar de ver lo mismo una y otra vez. Hacía que mi piel tuviera una reacción extraña. Los vellos de la piel se me erizaban por completo, eso que llaman *piel de gallina*. Mi estómago parecía estar lleno de mariposas y mis manos sudaban como si estuviera pasando por el evento nuevamente. Sumado a toda esa tención, mi corazón palpitaba descontrolado ante las maniobras que debía realizar para que el auto tomara las curvas del camino como se supone que se haga. Debía girar el guía casi en su totalidad para cada extremo, según la curva, para que las gomas respondieran. Sentía que nunca llegaríamos. Tenía que conducir muy lento por las condiciones en las que estaba el auto. Veía el bonete doblado y sentía angustia porque era mi primer auto y ya era el segundo accidente en él.

Cada vez me acercaba más a mi casa y mi corazón aumentaba su imponente latido. Acrecentaba poco a poco, mientras me acercaba más y más a mi casa. Estaba muy nervioso y asustado porque aunque sabía que lo peor había pasado, faltaba la reacción de mis padres. Por supuesto que debía estar aterrorizado, si aunque tenía aproximadamente 19 años y no vivía con ellos sino que me hospedaba en Río Piedras, no tenía la madurez para afrontar las consecuencias, ni manejar la situación de una forma apropiada. Todavía no me había acoplado a ese cambio de ambiente y de vida. Llegaban los fines de semana y me iba para Ciales a ver a mi novia y salir con mis amistades. Pero no aceptaba la realidad que tenía que crecer y madurar, ya no era un niño. Aún me quedaba la sensación que la responsabilidad no recaía sobre mí. Pero estaba equivocado, esta experiencia me llevaría a descubrir un nuevo camino y pondría nuevamente a mis padres a prueba.

Mis padres no son malos o irresponsables ni insensibles. Todo lo contrario, para ese entonces eran sobreprotectores. Les preocupaba de sobre manera que estuviéramos bien, que no nos pasara nada y que nunca estuviéramos en peligro. Ha sido un matrimonio ejemplar, ya que todas las situaciones las enfrentaban juntos. Aunque no tuvieran las mismas formas de expresarse, siempre concordaban en la decisión que tomaban.

Esa madrugada fue muy difícil para mí y para mis padres manejar la situación. Las lágrimas derramadas por mi madre y los gritos de mi padre son, en resumen, lo que ocurrió. Mi madre no se cansaba de repetirme cuántas veces me había dicho que tuviera cuidado, que si no hubiese salido nada hubiera pasado, mientras que mi padre verificaba los daños del auto y señalaba cada uno de los errores cometidos sumados al que acababa de cometer. Realmente no me matarían como llegué a pensar, jamás lo harían, pero yo les estaba haciendo mucho daño con mi forma de actuar, con mi inmadurez. Trataba de desprenderme, de independizarme, una etapa en donde lo esperado es que ya seamos bastante independientes. Pero no todo ocurre como *lo esperado*, siempre hay excepciones a la regla.

Durante los próximos días, las mismas interrogantes continuaban: éste es mi segundo accidente, provocado por mí. ¿Qué me pasa?, ¿Por qué a mí? Recuerdo que el primer accidente fue de los más tontos que le pueden ocurrir a una persona. Pero un simple despiste con el celular provocó que no tomara la curva e impactara una valla de seguridad. Aunque suena como uno de los más tontos, es uno de los accidentes más frecuentes en estos tiempos. Muchas personas han tenido accidentes aparatosos por ese mismo despiste, pero gracias a Dios ese no fue mi caso. El auto sufrió bastante daño, pero a mí no me pasó nada ni estuve en peligro de muerte como en la segunda ocasión. Mientras pensaba en estos dos accidentes, comencé a encontrarle sentido a lo ocurrido. Explicado de otra forma, comencé a entender el por qué me había ocurrido. Algo tenía que aprender, algo debía cambiar en mi ritmo de vida. Pero aún más fuerte que eso, entendí que yo también podía *morir*.

Esa era mi lección. Comprendí que era mortal y que el proceso de muerte no solo le toca a las personas mayores, a los ancianos o a los enfermos, sino a cualquiera. La vida no tiene una fecha límite específica, podía ser ese día del accidente, el próximo, quién sabe. Solo estaba claro que no estaba exento a enfrentarme a ese proceso por solo tener 19 años. Durante mi niñez y adolescencia, nunca me preocupé por la muerte. Solo temía a que mis padres o a mi hermano mayor les pasara algo, pero nunca me pasaba por la mente la idea que fuese yo el que perdiera la vida. Sentía que podía hacer de todo, que podía estar en áreas peligrosas, jugar con fuego, meterme en áreas de construcción, por montes y veredas inexplorables, entre otras. Siempre fui un niño bien curioso, explorador y creativo, pero entre tantas aventuras y travesuras nunca llegué a pensar en el riesgo ante el que me exponía. Como todo niño y adolescente, pensaba que era inmortal —no en el sentido que era un dios— sino en el sentido que la muerte no me tocaba todavía, que no era posible para mí. Claro está, no es saludable para ningún niño o adolescente preocuparse constantemente por la muerte. De ser así no podrían disfrutar de la vida ni aprender de sus experiencias, pero sí tener conciencia de lo que puede poner en riesgo su vida y el valor que tiene la misma. Todo esto es parte de las etapas del desarrollo del ser humano, las cuales son importantes conocer para saber a qué nos enfrentamos durante el transcurso de nuestra vida y el porqué reaccionamos a las situaciones de vida de X o Y forma. A veces no entendemos por qué se reacciona de la manera en que lo hacemos ante una situación en específico o nos rompemos la cabeza pensando por qué mi hijo actúa así, por qué mis padres actúan así, por qué mi amigo hizo eso, entre otros.

Todos y cada uno de nosotros pasamos por las mismas etapas, pero es clave mencionar que no todos las experimentamos exactamente igual ni con las mismas especificaciones. Obviamente, cada ser humano es diferente y único, esto sumado al ambiente en donde vive y se desarrolla. Si para cuando yo tenía 19 años o mucho antes, hubiese tenido el conocimiento de estas etapas de las cuales hablaré con detalle en el próximo capítulo, realmente mi desarrollo y comprensión de la vida fuese totalmente diferente a como realmente pasó.

Al no tener este conocimiento, la vida misma se encargó de revelarme una de las realidades más grandes de la vida y que me enseñaría en el transcurso de mi desarrollo y formación como ser humano y como profesional una de las enseñanzas más valiosas e importantes de mi vida hasta el día de hoy. Son muchas personas a las que la vida les hace revelaciones que cambiarán sus existencias. Quizás no las pueden reconocer en el momento preciso en el que ocurren, pero con el tiempo, la vida misma te enseñará el por qué de las cosas. Aunque mi lección es algo obvia: todos en algún momento inevitablemente vamos a morir. Es un proceso natural y seguro, pero en el tiempo en el que me ocurrió el accidente, esto era lo que precisaba experimentar para darme cuenta que necesitaba realizar cambios. Mi vida tenía que dar un giro, pero aunque lo pude reconocer, ¿estaba dispuesto a realizarlo? Eso es otra historia.

Ejercicios:

1. Realiza un recuento breve de tu vida. Identifica esos momentos que pudieron crear un cambio drástico en tu forma de vida.

2. Una vez los puedas identificar, piensa y responde a las siguientes interrogantes: ¿Qué significaron esos momentos o situaciones en mi vida? ¿Cómo estos me impactaron y por qué? ¿Quién o quiénes estuvieron involucrados en la situación? ¿Qué aprendí de la misma? ¿Qué podría narrar y enseñarles a otros de esas situaciones? Estas últimas preguntas son muy importantes. Con ellas obtendrás la contestación de por qué y para qué experimentaste esa situación.

3. Ahora, identifica cuál pudo ser la lección para tu vida.

Ten una libreta o unas hojas de papel para que puedas realizar cada uno de tus ejercicios. De esta manera y con este libro, podrás realizar un mejor análisis sobre tu vida y el significado de la misma. Te invito a que hagas cada uno de los ejercicios que se te presentan en cada capítulo. Todos te ayudarán a conocerte mejor y a identificar algunos puntos de tu vida que quizás pasaste por alto o no le diste el significado real.

Capítulo II:
El desarrollo de nuestra personalidad

La vida, el desarrollo de la vida, ¿cómo se define? Es un proceso que cada ser en el mundo tiene que experimentar. Se nace, se desarrolla, se crece y se muere. Pero ¿qué ocurre en ese transcurso de vida? ¿Experimentamos todos las mismas experiencias? ¿O acaso, como seres humanos, vamos creando un mundo diferente al de los demás con nuestras propias experiencias? ¿O son esas experiencias las que tienen el control total de nuestra vida de manera que determina qué seremos, en qué nos convertiremos o qué haremos? ¿Podemos o no cambiar nuestro destino? Entonces, ¿Cómo se desarrolla nuestra personalidad?

Varios teóricos, entre ellos, Freud, Adler, Jung, Sullivan, Erickson, Horney, Piaget, Watson, Skinner, Bandura, Kolhberg, Maslow, entre otros, han hablado del desarrollo del ser humano como un proceso que va desde lo biológico-fisiológico hasta lo cognitivo, moral, social, emocional, psicológico, humanístico, existencial, espiritual, etc. Alguno de estos han postulado una serie de etapas por las cuales el ser humano deberá pasar y superar con el fin último de desarrollarse como un ser "normal" o más aun "un ser funcional y adaptativo a su sociedad". Cada uno de estos teóricos, expone que el desarrollo "normal y saludable" de la personalidad del ser humano exige o presupone que éste pueda superar sus etapas de forma "adecuada y adaptativa". Esto será de una manera que vaya en acorde a las normas sociales establecidas y que deben regirle como miembro y parte de un grupo social con metas y propósito. A este grupo social se le llama *sociedad*. Cada teoría plantea que el ser humano deberá lidiar con diversos dilemas, situaciones de vida, problemas o crisis. Uno de estos teóricos, Erik Erikson (1963) plantea en su teoría, un enfoque hacia el ciclo vital. Este ciclo se concentra en el desarrollo de la personalidad a lo largo de todo el curso de la vida. Su teoría pretende explicar el comportamiento y crecimiento humano a lo largo de las ocho etapas, desde el nacimiento hasta la muerte. Como seres humanos, nos enfrentamos a cada una de esas crisis y estamos trascendiendo de una etapa a otra. Dependiendo de cómo superemos esa crisis, los resultados de nuestro desarrollo varían específicamente en el desarrollo de nuestra personalidad, quiénes somos, lo que nos distingue de los demás.

Personalmente, prefiero utilizar como base la teoría de Erik Erikson para facilitar tu comprensión en relación al desarrollo de la personalidad por etapas, ya que entiendo es la más completa porque cubre desde el nacimiento hasta la muerte del ser humano. Ciertamente debo recordar que esta teoría y sus etapas son extensas y no pretendo aquí presentarlas tal cual lo hizo su exponente Erickson. Simplemente intento en un sentido muy práctico que tú puedas comprender cómo pudo desarrollarse tu personalidad, desde la primera etapa hasta donde te encuentras, recordando que son ocho las etapas planteadas por Erikson. En cada etapa debemos enfrentar una *crisis* que es el punto de decisión que enfrenta cada etapa. A su vez, en la medida que el ser humano supere las crisis, se desarrollan dentro de él o ella unas *fortalezas básicas* —características y creencias motivadoras—

que se derivan de la solución satisfactoria de las crisis de cada etapa del desarrollo.

Comenzaré a explicar cada una de estas ocho etapas para que puedas identificar y conocerlas, y para que puedas tener una idea más clara de tu vida en este momento. Sin embargo, recuerda que no puedo exponerte la totalidad de las cosas que podrían ocurrir en cada etapa, con cada persona, porque eso depende de las circunstancias y experiencias de vida de cada ser humano. Y sobre todo, hay que entender que Erikson creía que todos los aspectos de la personalidad pueden explicarse en términos de momentos de decisión, o crisis, que debemos enfrentar y resolver en cada etapa del desarrollo. La primera crisis que Erickson describe es:

1. *Confianza frente a desconfianza:* Esta etapa comprende los primeros meses del bebé hasta su primer año de vida. Si un niño, durante esos primeros meses de vida, se le suplen todas sus necesidades, se le da atención y afecto, comenzará a desarrollar una impresión de que el mundo a su alrededor es uno seguro y confiable. Si cada vez que necesite alimento, si necesita atención, amor, afecto, que se le asee y se le cambie de ropa; si recibe ese cuidado, se sentirá seguro y protegido, por lo que entenderá que el mundo a su alrededor es completamente confiable. De esta forma ese primer conflicto queda solucionado y desarrollará en el menor el sentido de la esperanza, fe, o la que la teoría misma llamaría la virtud de la esperanza y la fe, que es lo que se pretende alcanzar para esa etapa. Podría entenderse que esta primera crisis que experimentamos cuando apenas se tienen meses, depende principalmente de la madre. Esto debido a que la madre es

quien lacta al menor u ofrece la mayoría de las atenciones que este necesite, pero de no ser así, dependerá de quien asuma esa responsabilidad. Por otro lado, si el menor solo experimenta inatención, no se le suplen las necesidades básicas, ni se le provee el cuido necesario ni el cariño que necesita, esto desarrollará en el bebé un sentido de desconfianza y esperará del mundo tratos similares. El mundo será percibido como uno hostil, lleno de dolor y preocupaciones.

2. *Autonomía frente a vergüenza y duda:* Esta etapa comprende después del primer año hasta los tres años del bebé. En ese tiempo el menor comienza a experimentar diferentes experiencias como caminar, comienza a hablar, el control de esfínteres (ir al baño por si solo), la alimentación y la vestimenta. Son procesos que varían de bebé en bebé, pero que todos y cada uno experimentamos. Si se le permite al menor experimentar los mismos de forma independiente, con poca o sin ninguna ayuda, comenzará a desarrollar un sentido de seguridad en sí mismo de forma que establezca su autonomía. La teoría especifica que la virtud que se pretende desarrollar aquí es la *voluntad*. Si se le permite realizar estas acciones de manera independiente, si se le permite probar e intentar hasta que lo pueda realizar independientemente, desarrollará una seguridad en poder hacer las cosas por sí mismo sin necesidad de ayuda. Pero si por el contrario, se le prohíbe realizar esas actividades por sí mismo, ya sea por miedo a que se agreda, se tropiece, o falle, aprenderá a sentirse avergonzado y con duda de sus acciones, y no podrá desarrollar una seguridad en sí mismo. Durante esta etapa, muchos padres se preocupan

que su bebé pueda hacerse daño o realizar cosas que pueda provocarle dolor, por lo que intentan evitar a toda costa que realicen las cosas solos porque no están preparados todavía; pero lo que podrían desarrollar en ese menor es la probabilidad de no lograr su autonomía, lo cual le traerá grandes complicaciones en su desarrollo como adulto.

3. *Iniciativa frente a sentimientos de culpabilidad:* Esta etapa comprende después de los tres años de edad hasta los seis años de edad. Durante esta etapa, el niño pasa por el proceso de ser un explorador. No solo se limitará a explorar su cuerpo, sino también a explorar aquello que no conoce, que no entiende y que le llama mucho la atención. Siempre vemos a cada niño con deseos de tocar aquello que le llama la atención, de caminar hacia donde no ha caminado, buscar y rebuscar por todo los rincones. Prácticamente todo le llama la atención, un zapato, una luz, una botella, un sonido, una imagen, un cuadro, una ropa, entre otros. Es la época en la que cada esponja (como le llamo a los niños en proceso de aprendizaje) está en su máximo potencial de absorción para conocer y descubrir. Si se le permite a cada uno de ellos desarrollar ese sentido de iniciativa y de exploración, aprenden a ver el mundo desde una forma constructiva así como a las personas. Es decir, se atreverán a realizar cosas por iniciativa propia, sin miedo o preocupación a ser castigados o reprimidos. La teoría especifica que la virtud que se pretende desarrollar aquí es el *propósito*. En cambio, si se le prohíbe al menor la posibilidad de explorar, de experimentar, se les castiga severamente y se les trata de torpes, desarrollarán un sentimiento de culpa por sus

acciones llegando a generalizar ese sentimiento de culpa en su vida. No se atreverán a realizar cosas por su propia voluntad ante la preocupación de ser juzgados, señalados y castigados.

4. *Laboriosidad frente a inferioridad:* Esta etapa comprende desde los seis años de edad hasta los doce años de edad. El menor comienza a entrar en una esfera mucho más social. El círculo de personas alrededor del menor comienza a aumentarse ya que comienza el proceso de asistencia a la escuela. Se unen a los padres y las madres, maestros, compañeros de clase y amigos que antes no formaban parte de la vida del menor. Es en esta etapa en donde los menores comienzan a compararse unos con otros. Se comienza a conocer lo que es el éxito y el seguir las reglas sociales tanto en la escuela como en la sociedad. Si durante el proceso de desarrollo del menor, se le permite conocer el éxito, la aceptación de otros compañeros, el menor desarrollará el sentido de *competencia*, que es la virtud que la teoría especifica, se pretende desarrollar aquí. De acuerdo a esta teoría, la competencia lo llevará a la laboriosidad, a hacerse un individuo que lucha y trabaja por lo que quiere, y cuando logra alcanzar eso que se ha propuesto, logra la satisfacción personal, y entonces desarrolla la perseverancia. Por otro lado, si por el contrario, el menor se expone a maestros rígidos, padres y madres que presionan y obligan al menor a participar de actividades o deportes que no disfrutan, o se expone a compañeros negativos que constantemente se burlan del mismo, el menor desarrollará un sentido de inferioridad ante los demás. Sentirá que no es bueno en lo que hace, que los demás son mejores que él y que

no tiene porque intentar algo que de seguro fallará. Además, si se le prohíbe a los niños ser, comportarse y vivir como niños, exigiéndole ser excelentes atletas, músicos, escritores, actores o actrices, y no se les permite fallar, cometer errores, solo tener éxito y no disfrutar de la competencia, desarrollará el sentido de inferioridad.

5. *Identidad frente a confusión de roles:* Esta etapa comprende desde el comienzo de la pre-adolescencia hasta los dieciocho o veinte años. Antes de entrar a la etapa de la adolescencia, el menor debe desarrollar diferentes roles (papeles sociales), como el rol de hijo, rol de hermano mayor o menor, rol de amigo, rol de cristiano, rol de estudiante, entre otros. Durante la adolescencia el joven debe comenzar a integrar estos roles de una forma adecuada en una sola identidad. Debe poder ser hermano y amigo, estudiante y amigo, entre otros. A su vez, también debe poder tomar decisiones importantes y demostrar a la sociedad la integración de todos esos roles, aunque tengan diferentes funciones opuestas entre sí. Es decir, presentar la identidad central, quién es ese joven. Muchos jóvenes, en su etapa de la adolescencia, se hacen la misma pregunta que permite resumir esta etapa: "¿Quién soy yo?" Si no se logra la integración de los diferentes roles que se poseen, así como el desarrollo de la identidad, el adolescente no podrá desarrollar un sentido de fidelidad ni lealtad. Esto es importante, porque la virtud que la teoría especifica, y que se pretende desarrollar aquí, es la *fidelidad.* Por lo tanto, si el adolescente no desarrolla el sentido de lealtad, entonces no podrá decir cuál es su

posición en la sociedad, causando mayor confusión en cuanto a la no definición de una auto-imagen adecuada.

6. *Intimidad frente aislamiento:* Esta etapa constituye la edad de los veinte años hasta los treinta años de edad. Esta es una de las etapas más cruciales ya que en ella se desarrolla la capacidad de intimación. Esta no se limita solamente a la intimidad sexual, sino también a la capacidad de poder relacionarse e integrarse con otras personas, tanto de su mismo género sexual como el opuesto. El poder integrarse con otras personas sin perder su propia identidad y relacionarse de una manera más cercana, son las características a desarrollar en este tiempo. Esta etapa promueve en el adulto-joven la capacidad de comenzar a formar lazos estrechos, tanto de amistad como de pareja, para establecer una solidez en su futuro. Es el desarrollo del amor, virtud a desarrollarse en esta etapa mediante el proceso de la atracción-aproximación, el agrado la aceptación, la cercanía y la intimidad, para finalizar en la unión y el amor que se ha de compartir con otra persona, con el fin de establecer una relación de pareja y la posibilidad de crear una familia. Esto también va tomado de la mano con la situación ambiental, así como la decisión de continuar estudios o cambiar de país. Esto puede causar un retraso en la finalización de esta crisis de intimidad frente al aislamiento, pero si la persona se ha desarrollado adecuadamente, podrá alcanzar y superar la misma. Se debe recalcar, que nunca el lograr la unión y el amor con otro ser humano puede o debería opacar o subyugar la identidad individual de este ser humano. Por otro lado, es importante hacer énfasis en lo contrario, si la persona

no desarrolla la superación de las cinco crisis anteriores, le resultará sumamente difícil tener la seguridad, la madurez y la capacidad necesaria para establecer relaciones saludables de intimación. Esto no puede notarse a simple vista en todos los casos; por ejemplo, la persona que tiende a aislarse de los demás o que no suele tener mucha interacción social podría catalogarse como una persona que no ha superado alguna de las crisis antes mencionadas. Pero, por otro lado, está la persona que primero decide terminar sus estudios universitarios, comprar una casa, entre otras y luego conseguir pareja. Con esto no me refiero a que todas las personas que dicen o cambian sus prioridades no han resuelto sus crisis, pero es de cada cual hacer un análisis de su caso en particular.

7. *Creatividad frente a estancamiento:* Esta etapa puede entrelazarse con la anterior ya que comprende entre las edades a finales de los veinte, hasta los cincuenta años aproximadamente. Esta etapa va dirigida a la productividad, a la creación y fijación de un futuro basado en próximas generaciones. Está basado en que cada persona comienza a pensar en la ayuda a los semejantes, en sus hijos y/o familiares. También se enfoca en el progreso a nivel de evolución de la persona en términos económicos así como de estatus social. Una vez se ha podido resolver las crisis antes mencionadas, la persona posee cualidades de auto-confianza, seguridad, intimidad, iniciativa, autonomía, entre otras, que le permitirán desenvolverse de una forma adecuada. La persona ya ha podido desarrollar interacciones sociales satisfactorias así como personales, estableciendo vínculos amorosos y fundando, en la mayoría de los casos, una familia.

Es entonces que inicia esta etapa, donde comienza a cosechar los frutos de sus estudios, de sus esfuerzos y desea formar parte activa en la sociedad. La persona muestra un interés por progresar, establecerse y guiarse adecuadamente hacia una próxima generación. Se tornan entes productivos que se involucran en su trabajo, tolerantes con las ideas jóvenes y se preocupan por el crecimiento y futuro de la nueva generación. La virtud a desarrollar aquí es el *cuidado por sí mismo y por otros*. Por el contrario, si esta persona no puede completar alguna de las crisis antes mencionadas, podría entonces encontrarse en el estancamiento. Será una persona que no progresa en la sociedad y que no juega un papel importante en la contribución y beneficio de la misma. De igual forma, está la persona inmersa en la productividad, pero que sus prioridades no son más que su trabajo, sus actividades sociales, causas benéficas, entre otros, y no permite espacio para su descanso o para compartir con familiares y amigos. También esta persona estaría en el estancamiento, ya que su contribución solo estaría basada en la sociedad y no a nivel personal.

8. *Integridad frente a desesperación:* Esta etapa comprende las edades de cincuenta años en adelante. Ésta es una etapa de reflexión. La persona se encuentra en los años finales de la edad adulta. Se distingue por la tendencia a realizar un recuento de la vida y las cosas que alcanzaron. Se tiende a juzgar las acciones y si se vivió de una forma correcta. Cuando se llega a este análisis, y la persona entiende que su vida tiene un significado, es en ese momento que la persona se sentirá integra. Esa sensación de integridad estará basada en sus

expectativas de vida, en lo esperado y lo alcanzado por él o ella. Es la sensación de ser capaz de mirar atrás y decir que ha sido significativa sin desear que las cosas hubieran sido diferentes. La virtud a desarrollar aquí es la *sabiduría*. En cambio, si por el contrario, la persona realiza ese análisis y entiende que no ha completado sus metas, que su vida no tiene un significado o valor, entonces desarrollará la desesperación. Esto se basa en un complemento de los esfuerzos no logrados, las metas no alcanzadas, las oportunidades perdidas y los sueños no realizados. Esto creará ese sentido de vacío en términos de no haber completado sus expectativas. Además, esta última etapa resume o es la resolución final, una vez hayan experimentado y pasado cada una de las demás crisis. Si al final se ha logrado con éxito la resolución de cada una de las etapas, la persona desarrollará un sentido de sabiduría en el resumen de su vida. Pasará sus días en descanso y tranquilidad hasta el final de sus días.

De acuerdo con los postulados de Erickson, este es el resumen de las crisis que experimentamos en la vida. El motivo de la inclusión de éstas, es parte del análisis de identificación de tu vida. Una vez explicada cada una de las mismas, es también importante exponer algunos aspectos que no menciona Erickson en su descripción de las crisis. El mundo, como todos conocemos, es un mundo cambiante, evolutivo y adaptativo. Estas crisis plantean unas edades aproximadas en que ocurren, así como unas condiciones específicas para que ocurran. Pero en estos tiempos, no creo que sean enteramente correctas o que vayan en acorde con la sociedad actual. Por ejemplo, hoy día, ante la crisis económica que existe, las demandas en términos de necesidades de salud física, emocional, mental, psicológica y espiritual pueden provocar cambios en el desarrollo o transición de las etapas antes descritas. Por ejemplo, se ha probado que las edades en que los adolescentes entran al proceso de la pubertad han variado. Las jóvenes comienzan su periodo en edades más tempranas, y los niños comienzan a experimentar sus cambios físicos antes de tiempo. De igual forma, la etapa en donde se es adulto-joven *(intimidad frente a aislamiento)* podría variar ante los enormes cambios existentes en la sociedad actual. Me explico. Antes (aproximadamente veinte o cuarenta años atrás), la expectativa de vida estaba dirigida a la formación de una familia más que a la formación de profesionales, desde la perspectiva de Puerto Rico. También en el mundo se observaba una tendencia en donde las mujeres no tenían que preocuparse por carreras o profesiones, sino que debían enfocarse en sus hijos y en el cuidado del hogar. Ahora esto ha cambiado. Hoy día, y a través de los años, son muchas las mujeres que han cambiado este estilo de vivir, enfocándose en el establecimientos de metas a nivel profesional. Son más las mujeres que se dedican a estudiar y que se dedican a establecer un futuro, además de la formación de una familia. Son más las que deciden posponer la formación de la misma, para poder establecer un futuro sólido y seguro para sus próximas generaciones. Es en ese sentido que la crisis de intimidad frente a aislamiento podría verse afectada. Como anteriormente mencioné, no quiere decir que estas personas que deciden establecer un futuro, establecerse metas profesionales, no significa que no han superado la crisis y se aislarán. Quizás alguno de ellos puede que no la hayan resuelto, pero igualmente puede que sí. Solamente es del conocimiento de cada uno al momento de evaluar el porqué se tomó la decisión de posponer la formación de una familia o el involucrarse y tener relaciones más íntimas con otras personas.

Cuando tuve el accidente del cual hablábamos al principio y partiendo de las crisis aquí establecidas, me encontraba en la crisis de *identidad frente a confusión de roles.* Aunque prácticamente había salido de la adolescencia, según esta teoría, estaba en la transición hacia la próxima etapa. Las prioridades en ese momento era la comparación con las amistades, la adaptación a las normas establecidas socialmente, (en mi caso la de mis padres), y el desarrollo de mi identidad como ser individual e independiente. En ese tiempo estaba demostrándoles a mis padres cómo era yo, le demostraba a mis amistades cómo era y quién era yo. Un joven dinámico, astuto, capaz, y que no siempre seguía las reglas del juego. Constantemente me comparaba con lo que mis amistades y demás hacían, y lo que yo, a mi edad, se suponía que hiciera. Solía ser una persona que no aceptaba la voluntad de los demás de primera instancia. Tenía que existir una justificación del porqué de las cosas. Un simple *porque sí* no era suficiente para mí. Mis padres me llamaban el abogado, porque nunca quería perder o porque siempre deseaba conocer el porqué de las cosas. Me consideraba una persona muy creativa, siempre buscando qué hacer y descubrir cosas nuevas y diferentes.

En ese momento en el que sucedió el accidente, mi madurez no era la adecuada, aunque tenía muchas cualidades que me podían beneficiar en el desarrollo de mi vida, aún faltaba algo. Tenía establecida una relación de pareja muy particular, era una joven muy imponente, le gustaba llevar las cosas a su manera, pero sabía lo que significaba la palabra amor y lo que significaba fidelidad. Aunque pasamos momentos inolvidables, ni mi madurez ni la de ella estaban preparadas para comenzar esa nueva etapa en donde enfrentaríamos la crisis de *intimidad frente a aislamiento.* Tenía una idea de hacia qué rumbo debía tomar, pero no existía la preparación adecuada para adentrarme a esa nueva responsabilidad todavía. Aún me veía como un adolescente, dispuesto a seguir disfrutando de la vida *sin preocupaciones pensaba yo,* que aún me negaba a dejar ir. Todo adolescente tiene sus preocupaciones. La etapa de la adolescencia es una de las etapas más difíciles por las cuales tiene que atravesar el ser humano. Pero aún así, durante mi propia crisis, no sabía cómo dejarla ir.

Quizás, para muchas personas, la adolescencia es la etapa más difícil de dejar ir. Durante esta etapa se experimentan demasiados cambios y se pasa por una de las transiciones más significativas de la vida. Por ejemplo, es durante esta etapa en donde se comienza a observar los cambios físicos más drásticos para el ser humano, como la pubertad. El joven empieza a descubrir la realidad de la vida, a tener sus primeras preocupaciones sobre su vestimenta, sobre su aceptación ante los demás. Comienza a definir más claramente su identidad sexual y más importante aún su auto-imagen. Aunque todos pasamos por esta experiencia, existen ventajas y desventajas para los que experimentan las mismas. Por ejemplo, aquella persona que tenga unos padres y madres comunicativos, que ofrezcan apoyo y confianza en el menor, fomentarán que el adolescente esté en la disposición de expresar los cambios que está experimentando, así como el sentir del mismo ante los cambios. También, si este adolescente tiene padres que le ponen reglas, pero a su vez, establecen límites y fronteras para que pueda realizar diferentes actividades sociales o de entretenimiento con amistades y demás compañeros, el menor se sentirá con la seguridad necesaria de realizar las mismas y obedecer las reglas establecidas porque siente que existe flexibilidad de parte de sus padres. Con esto no me refiero a que los padres y las madres deban autorizar cada actividad, fiesta, viaje o invento que se le ocurra al joven —esto no creo que le agrade a mis amigos lectores adolescentes, pero créanme es por su bien— deben haber límites, reglas pre-establecidas bajo negociación entre padres, madres e hijos, logrando un balance. Ejemplo, Miguel tiene una fiesta en la casa de Pedro. La fiesta será a partir del medio día, ya que será en la piscina de la casa. Su padre y madre, anteriormente a esta actividad, le habían permitido asistir a tres actividades adicionales por lo que no están enteramente de acuerdo con que asista a esta nueva actividad. ¿Qué deben hacer el padre y la madre de Miguel?

1. Evaluar la temporada (estación de tiempo) en que surgieron las actividades, si es verano, en navidades, o en tiempo de clases. No es lo mismo actividades que puedan afectar los días de clase a que el menor esté en tiempo de vacaciones.

2. Evaluar el comportamiento del menor en las actividades similares anteriores: cómo éste se ha comportado antes, durante y después de la actividad. Su conducta siempre ha sido adecuada, no incluye riesgo, bebidas alcohólicas, consumo de sustancias, entre otras. ¿El joven obedece cuando se le pide algo? O en cambio, ¿reacciona y responde solo porque sabe que hay la posibilidad de asistir a la actividad? O, ¿siempre reacciona siguiendo y obedeciendo las órdenes y reglas?

3. Evaluar sus responsabilidades para con el hogar y la escuela. ¿Cumple éste con sus tareas, o las realiza de vez en cuando, o no las realiza?

4. Evaluar confianza que se tiene con el padre y la madre de Pedro, el joven que ofrece la fiesta, ¿Quiénes son? ¿Cómo son? ¿Van a estar éstos presentes en la actividad? Si le es posible comuníquese directamente con el padre y la madre de

Pedro para responder a cualquiera de estas preguntas o de las interrogantes que se presenten.

5. Finalmente, si entiende que realmente se lo merece, bríndele la oportunidad de asistir a la actividad. Si no asistirá porque ha disfrutado de otras actividades, le ayudará a usted a explicarle el porqué de su decisión. Nunca diga *porqué no,* eso jamás servirá como respuesta correcta.

Por otro lado, las desventajas de esta etapa y por lo que la hace una de las más difíciles, es si sus figuras de apoyo no se encuentran al momento de necesitar ayuda. Si no existe comprensión, entendimiento y lo más importante, la comunicación entre padres, madres o tutores legales del menor; el menor se cohibirá de expresar lo que siente y por los cambios que está experimentando. Además, si a esto se le añade un ambiente en donde se encuentra con otros jóvenes que se burlan de sus cambios, de su forma de vestir, de actuar, provocarán que él o la menor no pueda superar esta etapa y sea una de las más dolorosas de su vida. Es también en esta etapa donde se experimenta la atracción hacia otra persona, tanto a nivel emocional como sexual. Son experiencias, tras experiencias, vividas quizás a la vez, pero ocurren en la adolescencia. ¿Quiénes están ahí para darles la mano, para explicarles el por qué de las cosas, de los cambios de los sentimientos, de los deseos? Mas las responsabilidades educativas, sus expectativas futuras y las metas que desean llegar a alcanzar. Por eso cuando llega el momento de trascender, de dar el nuevo paso, para muchos es un trabajo. Les cuesta mucho seguir el próximo paso, o por el contrario, ha sido una de las etapas tan negativas, que intentan salir de la misma antes de tiempo. Un ejemplo de esto son los jóvenes que se van con sus parejas, las jóvenes que quedan embarazadas, los jóvenes que se van de la casa o buscan refugio en drogas. Estos ejemplos podrían ser muestra, pero no se limitan a ser las causas reales, son solo ejemplos que podrían aplicar si estos jóvenes no reciben el apoyo y las atenciones necesarias para desarrollar las herramientas para enfrentar las etapas de la vida de cada uno.

Es importante destacar, que si no se supera una de las crisis antes mencionadas *NO* significa que tu vida perderá sentido y no podrás tener éxito. Por el contrario, Erickson establece que las resoluciones de las diferentes crisis se pueden dar en las diferentes etapas, aunque recalca que la resolución será más difícil ya que representa un retraso en las mismas.

El poder identificar qué crisis no superaste o estás por superar te ayudará a entender cómo superarla y seguir hacia adelante. No es tiempo de reprocharse a sí mismo, ni de pensar en que fallé. Es tiempo de tomar acción en tu vida, por eso es que tienes este libro en tus manos. Aprovecha la oportunidad de poder identificar y comenzar a trabajar con tu vida.

Ejercicios:

1. Una vez has podido entender cada una de las etapas o las crisis que se presentan según descritas por el teórico Erickson, es momento de identificar la crisis con la que podrías encontrarte. Déjate llevar por tu edad, pero sobretodo, identifica tu ambiente, tu estatus, tu crianza y tu situación de vida. Luego repasa cada una de las etapas e identifica en dónde podrías encontrarte.

2. Una vez identifiques cuál es la etapa donde podrías estar, entonces, familiarízate con ella e identifica si tienes alguna crisis relacionada con la etapa, ¿cómo podrías superar la misma? Identifica las virtudes a desarrollar en cada etapa, ¿qué destrezas deberías desarrollar y con qué deberías trabajar?

Capítulo III:
Encuentra tu motivación

Una vez hemos identificado en qué punto nos encontramos en la vida, es tiempo de descubrir una de las herramientas más importantes y necesarias para seguir hacia adelante. Cuando me di cuenta de la realidad de mi vida —que era mortal— ese no fue el final de mis aventuras, ni mucho menos fue el tiempo de *sentar cabeza*; o sea, de tomar mis experiencias como aprendizaje continuo, de tomar mi vida en serio. Habrían pasado varios meses luego de aquel accidente. Un accidente que en la opinión de mis padres, sería suficiente para despertar y madurar. "Ya es tiempo", decía mi madre. Tiempo de dejar esa vida y seguir al próximo paso. Me había gastado una buena cifra para poner el auto a correr nuevamente como si fuera nuevo. Había sido un buen golpe, una buena experiencia ese accidente para mí. Estuve un tiempo sin transportación. Muchas amistades brillaban por su ausencia en esos momentos en los que realmente tenía necesidad. Aún así, me resultaba difícil aceptar la realidad que se me presentaba. La mentalidad que ese tipo de cosas no me puede pasar a mí. Deseaba seguir mi vida cotidiana; continuar mi rutina de salidas, y así seguir por la vida *sin preocupaciones*. Me negaba a aceptar la idea que la etapa de la adolescencia ya había terminado para mí. Era el momento de continuar con la nueva etapa que se aproximaba. Así que la vida se encargó de mostrarme nuevamente que era tiempo de cambiar, de seguir hacia adelante.

Luego de transcurrido aquellos meses, me encontraba de nuevo en mis "andadas" como decía mi madre. Se acercaba mi cumpleaños y deseaba pasarla junto a mis amistades. En ese tiempo estaban las fiestas patronales de Ciales, justo el tipo de actividad perfecta para celebrar mi cumpleaños. Había hablado con mi novia, la que por supuesto estaba muy molesta por la decisión tomada de compartir mi cumpleaños con mis amistades y no con ella. Sin embargo, finalmente accedió a concederme mi deseo, claro, por ser mi cumpleaños. Me doy cuenta que ella era una novia muy considerada. A pesar de todo, siempre le gustaba complacerme y mimarme, aunque debo confesar que su carácter era fuerte. Ella lo compensaba, porque siempre tenía para mi mucho afecto, cariño y amor en abundancia. Nuestras discusiones siempre giraban en torno al tiempo que tenía para ella; el tiempo de calidad que podíamos compartir juntos. Ahora, en el tiempo presente, me doy cuenta que tenía mucha razón. Perdimos mucho tiempo en discusiones insignificantes y quizás no supimos valorar lo que teníamos. Pero para ese tiempo mi pensamiento era otro. Así que lo planifiqué todo para mi día de cumpleaños, hablé con mis panas, coordinamos la hora y nos dirigimos a las fiestas a pasarla bien. Siempre me mantenía en comunicación con mi novia, no quería que desconfiara de mí ni se molestara más de lo que estaba.

La noche transcurrió como de costumbre, el lugar estaba lleno, lo recorrimos tantas veces como pudimos y vimos el espectáculo de artistas hasta que pasó el tiempo y el lugar estaba casi vacío. Claramente ya habíamos ingerido bastante alcohol y reíamos y disfrutábamos de la noche. Se hacía tarde y era tiempo de irnos. Había sido un cumpleaños perfecto, la había pasado muy bien así que le dije a los muchachos que ya era hora de irme. Como de costumbre, no querían marcharse, así que les dije que yo me iría. Uno de ellos decidió irse conmigo. Nos dirigimos hacia el auto para marcharnos. De camino al auto pensaba en llamar a mi novia. Sabía que estaría durmiendo, pero siempre me gustaba que supiera que estaba bien, además de que me fascinaba escuchar su voz antes de acostarme a dormir. Nos montamos en el auto y comenzamos a salir del estacionamiento. Era de madrugada y me imaginaba que aún mi madre estaría despierta esperando a que llegara. Era su uso y costumbre esperarme despierta porque según ella *"no puedo dormirme hasta que estés aquí, tu sabes cómo soy".*

Mi madre tuvo una crianza en donde sus padres, mis abuelos, fueron excelentes, cariñosos, se preocupaban por sus hijos. Vivieron en una época en donde económicamente tenían mucha necesidad. Se le enseñó el valor de la familia, el cariño hacia sus hermanos y el cuidado de ellos. Además, mi abuela tendía a preocuparse mucho por sus hijos para que no les pasara nada, como toda madre al fin. Mi madre aprendió a preocuparse también por el bienestar de nosotros como hijos, aunque yo entendía que su preocupación era extrema. ¿En qué sentido? Su miedo constante a que no nos pasara nada, le hacía difícil seguir con su rutina de vida. En fin el poder descansar por su miedo constante a que nos pasara algo, le afectaba mucho. Realmente entendía su preocupación, todo padre siente la necesidad de proteger a sus hijos y de asegurarse que estén bien. Pero no estaba de acuerdo y resentía el que se preocupara tanto por mí. Simplemente porque no me gustaba la idea que se sacrificara y estuviera esperándome, en la sala oscura, a que llegara. No era justo para ella, aunque debo reconocer, tampoco era justo para mí. Entendía que era un joven como cualquier otro, que deseaba salir, disfrutar y pasarla bien. Claro está, una vez ocurridos los accidentes anteriores, más algunas hazañas de las que no estoy muy orgulloso, tenía a mi madre mucho más tensa y preocupada que antes. Era como si le diera la razón para estar preocupada y esa noche, en que cumplía años, no era la excepción. Siempre ponía "peros" a sus razones para impedir mis salidas, más si incluían mis amistades. En el fondo, siempre sabía que tenía razón, pero pensaba: "tengo que divertirme, tengo que ser feliz, tengo que seguir hacia adelante y disfrutar la vida". Mi padre es otra historia, la vida no le dio las mismas oportunidades de amor y de afecto que tuvo mi madre, pero a pesar de las barreras y de lo difícil que se le hizo su niñez, aprendió a luchar en la vida y a sacarnos hacia adelante. A él no le afectaba tanto el que yo saliera, pero igual ponía "peros" si mi madre los ponía. Usualmente funcionaban en equipo, mi madre intentaba detenerme, me decía que no podía ir o me decía: *"pero nene, tu vas a seguir"*. Si no lograba persuadirme o impedir que saliera, ella acudía a mi padre. Solo tenía que decirle: *"Tony"* —como lo apodan— inmediatamente se armaba la batalla. Usualmente, mi padre intimidaba más que mi madre. Claro, utilizaba métodos más estrictos que ella. Pero al fin de cuentas, me las arreglaba para salirme con la mía. El día de mi cumpleaños no fue la excepción.

Comenzábamos a salir del lugar, seguíamos hablando del espectáculo de artistas de esa noche y nos detuvimos en una luz. Todavía había muchos autos en la calle, la gente seguía saliendo de la actividad. Cuando la luz cambió, seguí mi marcha hacia el famoso desvío de Ciales. Exactamente en donde quedaba la casa donde vivía mi novia. Mientras avanzo, me mantengo hablando con mi amigo. No me percato que hay otro auto detenido justamente en el carril por donde me dirijo, hasta que mi amigo me grita. Nuevamente siento que el tiempo comienza a detenerse, todo lo veo en cámara lenta. Dirijo mi vista rápidamente al pedal del freno. Veo como mi pie se va levantando lentamente, para dirigirse al pedal, pero no fui lo suficientemente rápido. El auto impactó sólidamente al auto que se encontraba detenido en la calle. Cuando ocurrió el impacto, sentí un gran golpe en mi pecho. Gracias a Dios siempre tengo mi cinturón puesto, por lo que no me pasó nada a mí ni a mi amigo. Una vez reaccioné, comencé a repetirme a mí mismo: "No puede ser, no puede ser, no puede ser..." No podía parar de repetir lo mismo una y otra vez.

—¿Qué te pasó? Tipo, tú no sabes guiar —me gritó mi amigo justo después del impacto.

—Otra vez no, otra vez no —repetía, no podía dirigirle la palabra, no podía hacer nada más que repetirlo.

—Que coj... mano, que te pasa —insistía mi amigo, causando que me irritara cada vez más y más.

No podía creerlo, lo había vuelto a hacer. Esta vez además de ira, sentía un coraje tan profundo contra Dios, que no podía contenerlo dentro de mí. Comencé a maldecir. No era justo, no otra vez. ¿Qué hice yo para merecer esto? ¿Por qué tenía que pasar por lo mismo otra vez? La persona a la que impacté se bajó de su auto para verificar si estábamos bien y para comprobar los daños que le había causado. Al bajarme de mi auto sentía mucha ira, al extremo que en mi interior estaba maldiciendo, y a penas escuchaba lo que la persona me decía. Cuando me paro frente al auto, quedé sin palabras. Estaba completamente desecho en la parte frontal. El bonete del auto estaba nuevamente doblado por la mitad y los focos estaban destrozados. Otra vez me encontraba ante otro desastre de mi vida. Otra vez la rutina de volver a llegar a mi casa con el auto hecho pedazos por mi irresponsabilidad. Obviamente, ahora veo las cosas diferentes. Lo importante era que estaba vivo, que nadie resultó herido, pero en aquel instante no pensaba en eso. Estaba tan lleno de ira y frustración que lo único que deseaba era gritar. En ese momento solo se me ocurrió llamar a mi novia. La desperté. Ella respondió medio dormida. Al contarle la noticia se impactó mucho. Estaba tan cargado por la presión, el mal rato y los tragos que me había dado, que no podía aguantar los deseos inmensos de llorar. Ella, en vez de molestarse o llenarse de coraje, solo me escuchó, lloró conmigo y me apoyó. Me hizo sentir mejor. Me dio el consuelo y la esperanza que lo sucedido no era tan malo como yo pensaba. Por el contrario, me hizo pensar que no estaba solo aunque realmente me sintiera así. Pensaba que éste era uno de esos momentos que no tenía a nadie de mis amistades que me apoyaran, que me dijeran que estarían ahí presentes para darme su ayuda.

Fueron ocho largos e interminables meses luego de ese accidente. Experimenté una gran impotencia y sentí la necesidad del auto. Primero en la universidad, ante la falta de no tener transportación, y luego otras muchas situaciones producto de esta situación. Muchas de mis amistades del área metro me ofrecieron su ayuda. En muchas otras ocasiones no tenía a nadie que me extendiera la mano. Comencé a tomar transporte público todos los días mientras pudiera, tratando de no depender de nadie. Me di cuenta lo difícil que eran las cosas y la dura realidad que tenía que enfrentar. Estaba solo, sin ayuda en la universidad. Prácticamente solo contaba con el apoyo de mis padres, pero sus limitaciones económicas no le permitían ayudarme como ellos realmente deseaban. Fue una época en donde me sentí muy triste la mayor parte del tiempo. Sabía que no podía rendirme, que tenía que seguir buscando la forma de resolver, de salir adelante, de sobrevivir. Me di cuenta que era tiempo de cambiar, que las cosas tenían que cambiar, es decir, mi vida en general tenía que cambiar radicalmente. Estaba mal, mis acciones no me habían dado buenos resultados hasta el momento.

Algo me hacía falta para poder seguir, lo que a muchas personas les hace falta para poder tomar la decisión de terminar con la rutina que no le ha funcionado por años. Los seres humanos en su mayoría, somos seres de hábitos. Basamos nuestra vida en una conducta que repetimos hasta hacerla uso y costumbre y parte de nuestra vida cotidiana. Prácticamente como un hábito o una vida rutinaria, establecemos o seguimos un patrón legible muy parecido a esto: nos levantamos a la misma hora, preparamos las cosas para ir al trabajo, nos duchamos, desayunamos lo mismo y a la misma hora, conducimos por la misma ruta hacia el trabajo o la escuela, trabajamos durante el día en un término igual de tiempo y luego regresamos a nuestro hogar. Debo aclarar que no todos tenemos la misma rutina, pero generalmente todos vivimos al ritmo de un hábito. Inclusive podemos asegurar que hay personas que su vida de pareja o de familia se convierte en una rutina de vida. Pierden uno de los elementos más importantes, o no pueden afianzarse a la vida como lo hice yo, y por lo cual la vida se me hizo menos difícil para seguir adelante. Esa herramienta de la que hablo es *la motivación*.

La motivación, podemos definirla, como la voluntad que se desarrolla en cada ser humano para mantenerse enfocado hacia una meta final o continuar persistiendo hasta alcanzar la misma. Todos en la vida necesitamos tener motivación para lograr lo que nos proponemos en ella. Cuando carecemos de la misma nos damos por vencidos ante la meta que nos hemos propuesto tener. Muchos deciden rebajar, dejar de fumar, dejar de beber, comenzar los estudios, terminar los mismos o terminar con una relación de pareja. Al no tener motivación, perdemos la voluntad para mantenernos enfocados en lo que se desea alcanzar y por tanto no logramos nuestros objetivos, y nos rendimos sin haber alcanzado lo que deseamos. Nos sentimos frustrados y molestos ante la impotencia de no poder alcanzar eso que tanto deseamos. Entonces simplemente optamos por conformarnos con lo que ya tenemos. Existen unos refranes famosos que explican claramente la idea que les quiero presentar: *"Ojos que no ven, corazón que no siente"*, *"Peor es nada; mejor es algo que nada"*. Estos refranes no dicen otra cosa que ser conformes con lo que tenemos. Otro ejemplo puede ser: *"No hay mal que por bien no venga"*. Pueden sentirse identificados personas que les pasan las situaciones difíciles o negativas y no hacen nada por salir de ellas. Simplemente son conformistas que solo utilizan estas palabras como medio de racionalización para explicar sus conductas conformistas de permanecer inmovibles ante los eventos o situaciones de vida. Muchos justifican sus acciones expresando que se debe aprender a aceptar las cosas que tenemos en la vida y vivir con ellas tal y como se dan. En cierto punto estos refranes tienen sentido. Existen situaciones de vida que nosotros pensamos que no están en nuestro poder cambiar. Pero ciertamente tenemos que tener claro que cada uno de nosotros tiene la voluntad (la motivación) y el poder y el control (resiliencia) en nosotros mismos para cambiar, alterar y modificar nuestra vida y darle un rumbo diferente. Para ello necesitamos tener voluntad, disposición, deseos positivos de actuar, interés por cambiar, y lo principal, dar el primer paso, hacer algo. Con solo hacer algo, por sencillo que sea, rompes con el hábito de quejarte y no hacer nada; rompes con la rutina de lamentarte y tenerte compasión y pena sin hacer nada. Una cosa es que sufras una pérdida en la familia, o quedes desempleado, o un desastre natural afecte tu hogar y tus pertenencias. Ante esto, decides todos los días llorar y contarle a todos tus desgracias, una y otra vez. Puedes optar por hacer esto. Tienes la voluntad para hacerlo, pero debo decirte que esto es una actitud conformista. Una actitud más del montón, y del común de las personas que desean que le tomen pena y así crean un círculo vicioso. Sin embargo, tienes también otra opción: hacer algo. Sí, tienes la voluntad para hacer algo, para cambiar esa situación y solo tienes que tener eso **voluntad (motivacion)** para luego poder hacer algo. Tomar **control y poder (resiliencia)** y cambiar tu vida. Es importante entender que la herramienta *motivación* va a trabajar conjuntamente con la resiliencia para estratégicamente ayudar a cambiar la vida de las personas. Por ejemplo, no nos apartemos de la enseñanza importante que siempre tenemos dos opciones a la mano: 1) quedarnos sin hacer nada o 2) reaccionar y tomar otra actitud y hacer otra cosa, o por lo menos romper con la rutina de no hacer nada y comenzar por hacer algo. Si tomamos la frase: "Ojos que no ven, corazón que no siente" y pensamos en una relación de pareja donde una de las partes le está siendo infiel, y la otra aunque conozca la situación, permanece con la pareja sin hablar sobre el tema. Esta postura responde al punto número 1: **no hacer nada.** Sin embargo, podemos movernos de esa postura y asumir el punto 2 cuando la persona decide ponerle fin a esta situación, **haciendo algo, asumiendo posturas nuevas.** Y cuando digo ponerle fin, no es hacer nada dañino contra la otra parte, sino: a) dialogar y acordar que esta situación tiene que finalizar; b) terminar con la relación; c) moverse a otro punto de la relación con nuevos acuerdos que ambas partes establecen; en fin, diversas maneras u opciones de poder resolver esta situación. Lo importante es que al moverse a la segunda postura, rompe con el hábito de **no hacer nada**. Refranes como: *"Peor es nada; mejor es algo que nada"* o *"No hay mal que por bien no venga"* pueden también promover otras posturas negativas fundamentadas en el primer punto de **no hacer nada**. Una persona, que a pesar de que sus acciones no sean correctas o no le hayan brindado buenos resultados, aún así continua haciéndolas. ¿Por qué no cambiar a la postura 2? ¿Por qué esta persona no cambia a acciones correctas y que le den buenos resultados para promover esas y no las incorrectas? Es esta la postura: **hay que asumir postura, hay que asumir voluntad (motivacion) para cambiar**. En el próximo capítulo hablaré sobre qué es la resiliencia y cómo este poder nos puede llevar a superar y cambiar nuestra vida. La resiliencia es uno de los elementos o herramientas más importantes, además de la *motivación*, para afianzarnos a ella como lo hice yo, y cambiar nuestra vida definitivamente. Y sobre todo, cambiarlas dándole un rumbo positivo y productivo.

La motivación también es una de las herramientas más importantes y necesarias porque además de establecer la **voluntad** como medida necesaria para cambiar, de igual forma establece un **proposito**. ¿Qué significa esto? Es una herramienta que te sirve o te ayuda a encontrar un propósito a tu vida, a encontrar el significado de la misma. Pero, ¿cómo podemos encontrar la motivación para alcanzar nuestras metas? La mayoría de las personas utilizan como motivadores a sus parejas, familiares, hijos, un futuro mejor, una apariencia mejor, entre otros. Una alternativa más certera y eficaz es escogerse a sí mismo como motivación. ¿A qué me refiero con esto? Pues si escoges como motivación el complacer a tu pareja, no lo estás haciendo por ti realmente, sino por complacer a los demás. Esa no es la idea. No te enfoques en todo lo negativo que has pasado, no pienses en lo que has sufrido o en lo que has perdido. Cuando nos enfocamos en eventos tristes y dolorosos, provocamos revivir nuevamente esos sentimientos de forma tal que no deseamos recordarlos nuevamente. Podemos pensar en nuestros familiares y pareja como fuentes de apoyo a la decisión que vamos a tomar, de esa forma, sino están con nosotros durante el proceso, no nos sentiremos desmotivados. Si eres una persona que no cuenta con ese tipo de apoyo, puedes acudir a amistades, conocidos o grupos de apoyo de diferentes entidades que te ayuden a trabajar con esa meta que deseas alcanzar. Más importante aún, utiliza como motivador principal a ti mismo, porque de esa manera estarás trabajando para ti. Piensa en lo que te mereces, utiliza tus experiencias pasadas no para sufrirlas (aléjate de la postura 1: de la gente que se queja y lamentan pero **no hacen nada**). Por el contrario, mejor piensa en lo que aprendiste de cada situación o experiencia que has tenido (ubícate en la postura 2: **haz algo diferente, asume una postura nueva**). De esa forma evitarás caer nuevamente en los mismos errores y sabrás qué debes mejorar o modificar. Utilizaré el próximo ejemplo en donde podrás ver cómo esta persona puede encontrar la motivación para continuar con su vida:

Los pasados tres meses de la vida de Jaime han sido muy difíciles para él, luego de que perdiera su trabajo como vendedor de autos por sus continuas tardanzas. Para Jaime le resultaba muy difícil poder cumplir con su trabajo, ya que nunca le agradó, pero fue lo que su padre le consiguió. Además tiene que pagar la pensión de su hija Ashley de apenas un año de nacida, la cual tuvo con una amiga en una famosa noche de copas y con la cual no tenía interés de formalizar más allá de una amistad con privilegios. Además, por su corta experiencia en trabajos, ya que solo tiene 20 años, se le ha dificultado encontrar un nuevo empleo. Realmente no estaba haciendo ningún intento de conseguir otro, solamente vivía con lo que le daba el desempleo, pretendía que se le bajara la pensión de su niña, y esperar mientras sus padres le ayudaban económicamente. Siempre le había gustado ser chef, la comida y la confección de la misma era algo que le apasionaba, pero una vez se enteró del embarazo de Luisa (su amiga), decidió aceptar lo que le esperaba y se decía a sí mismo: "Olvídate de tus sueños y vive tu realidad". Pretendía seguir aguantando, pero no sentía la motivación para crear cambio, sentía que tenía que aceptar lo que se le presentaba en la vida.

Inmediatamente terminas de leer este caso, puedes identificar que Jaime escogió la postura 1, no hacer nada por cambiar su situación de vida. No presenta el deseo, ni el interés de cambiar la misma, claramente carece de motivación. Si utilizamos lo aprendido en los capítulos anteriores, podemos identificar primero que todo, la lección de vida que Jaime debe reconocer es el nacimiento de su hija y cómo esto le cambió su ritmo de vida. Debe identificar que se encuentra en la transición hacia la crisis de *intimidad frente a aislamiento* y *creatividad frente a estancamiento*. Esta crisis que comprende edades desde los veinte en adelante (para un mejor entendimiento y compresión de las diferentes etapas y sus crisis, véase el Capítulo II), implica el desarrollo de la conexión con una pareja y el establecimiento de una familia, así como la formación de un futuro de convertirse en una persona de beneficio y productividad para la sociedad. Jaime no ha resuelto estas crisis ya que no ha logrado establecer una familia ni un trabajo apropiado. Más aún, se ha resignado a perder el que tenía y permanecer sin empleo. Si Jaime asumiera la postura 2, de hacer algo, asumir una postura nueva proactiva, podría entonces tener la voluntad (motivación) de seguir hacia adelante porque su principal motivación sería él mismo. Podría comenzar por seleccionar estudios diurnos o nocturnos según su disponibilidad para empezar a alcanzar su meta de ser chef y además conseguir un trabajo que le agrade de medio tiempo para cumplir con sus responsabilidades económicas.

Por otro lado, Jaime debería seleccionar como grupo de apoyo a sus padres e hija, y no visualizarlos ni como fuentes de ingreso (padres) ni como limitación (hija), de manera que pueda enfocarse mejor y sentir un apoyo adecuado, sin el riesgo de desmotivarse cuando no puedan estar con él durante su proceso de evolución. De esta forma, Jaime lograría crear un cambio, y podría trascender de un estado de estancamiento y frustración a un estado de evolución y éxito.

Es importante mencionar que este caso es uno que ocurre diariamente. Son más los casos de padres solteros a temprana edad que deben tomar la decisión de si se van a quedar inertes sufriendo, o si se van a estudiar o a trabajar para mantener a su familia. Es importante reflexionar sobre la motivación como herramienta de voluntad y propósito de vida, ya que ésta nos pone en posiciones cruciales para tomar acción, como cuando pensamos: ¿qué tan importante somos? ¿Por qué debemos seguir sufriendo? ¿Por qué debemos seguir siendo infelices? ¿Por qué privarnos de la oportunidad de ser felices? ¿Por qué asumir la postura de juzgar o cuestionar a Dios y en cambio agradecerle por una nueva oportunidad de cambio en nuestra vida? Por otro lado, si siempre hemos caminado por el camino de tierra al lado derecho y siempre hemos tenido el mismo resultado, ¿por qué seguir por el mismo camino? ¿Porqué no tomar el camino izquierdo a ver qué pasa? No le temas al cambio, no le temas a lo desconocido. Recuerda que siempre después de la tormenta, viene la calma. Después del cambio, viene la crisis, después de la crisis, llega la tranquilidad. Recuerda que no te estoy indicando que es un proceso fácil, como diría uno de mis clientes, "decirlo es fácil". Claro que las palabras son fáciles pero vivirlo es difícil, pero *no* es imposible sobreponerse. Hay personas que están pasando por situaciones difíciles y no se rinden, siguen enfocados hasta alcanzar sus metas ya que tienen *motivación*. No se puede decir que no se tiene oportunidad en la vida, que no hay motivo de seguir hacia adelante si no se ha intentado las alternativas correctas. ¿Cómo podemos decir que nuestra vida no tiene un sentido, ni un propósito, sino hemos buscado alternativas que nos provean cambios?

Ya has podido reconocer cuáles son las lecciones de tu vida. Qué cosas debes cambiar, modificar o terminar. Sabes cuáles son las crisis de vida que experimentamos como seres humanos. Has podido identificar cuál de ella no has superado y en cuál de ellas te encuentras actualmente. Ahora, con este capítulo, puedes identificar tus motivadores para reenfocarte en tu vida y comenzar a vivir con motivación. Esta es tu oportunidad de realizar los cambios que tanto has deseado, de aprender nuevas estrategias para manejar tus situaciones del presente, y aprender a recordar el pasado sin dolor, recordando solo lo que aprendiste de esas situaciones.

Ejercicios:

1. Identifica donde éstas ahora. ¿Cuál es tu situación actual?

2. Identifica cuáles son tus metas reales. Al decir reales, son metas que puedas medir en tiempo y que puedas explicar cómo las vas a alcanzar.

3. Identifica los motivadores para esas metas. ¿Qué te motiva a alcanzarlas? ¿Por qué son importantes para ti?

4. Identifica grupos de apoyo que te puedan ayudar o estimular a alcanzar tus metas. Cuando uno tiene metas debe expresarlas a amigos o familiares de confianza, de manera que estos ayuden proveyendo ese apoyo, estímulo y refuerzo que tanto se necesita para continuar.

5. Enfócate en ti, en cómo esos cambios te beneficiarán y comienza a establecerlos.

Capítulo IV:
Resiliencia: No te estanques, transforma tu vida

A unque mis situaciones presentadas hasta el momento en este libro, no representen una tragedia o un golpe difícil en comparación con otros, debes tener claro el momento, la edad y cómo sucedió. Estos son factores que todos los seres humanos debemos tener en consideración a la hora de entender cualquier situación a la que denominamos difícil. Para mí, en aquel momento, eran situaciones frustrantes y difíciles de manejar y aceptar porque no tenía la madurez ni las herramientas que he adquirido poco a poco en la vida, y en mi preparación como profesional.

Recuerdo que cuando niño siempre era bien apegado a mi madre. Le tenía tanto y tanto temor a que le pasara algo o muriera, que cada vez que se iba a trabajar, tanto ella como mi padre, pensaba que no los volvería a ver más. A este temor, que en psicología se le conoce como "ansiedad por separación", se le sumaba las historias que los adultos contaban de las tragedias que ocurrían a diario. Siempre me decía que me moriría si algo le llegaba a pasar a uno de mis padres. Pensaba: cómo las personas podían sobrevivir ante tragedias que implicaban la muerte de un familiar, ya sea de una madre, un padre, hermano o hermana, entre otros. No podía entenderlo, no era para menos. Era solo un niño y no había pasado por la experiencia de una pérdida de un familiar cercano. Son muchos los que al igual que yo en aquel momento, desconocen la capacidad del ser humano para poder sobreponerse a una situación difícil o traumática, término que hoy día se le conoce como *resiliencia*.

La resiliencia es uno de los elementos o herramientas más importantes, además de la motivación, para afianzarnos a ella como lo hice yo, y cambiar nuestra vida definitivamente. Y sobre todo, cambiarla, dándole un rumbo positivo y productivo. La resiliencia es la capacidad para tomar **control y poder** cambiar tu vida; para salir de las circunstancias más adversas que puedas estar experimentando. Para que entiendas lo que quiero decirte, voy a presentarte algunas de las definiciones que explican este concepto. Primero, resiliencia tiene su origen en el idioma latín, en el término *"resilio"* que significa volver atrás, volver de un salto, resaltar, rebotar. El término fue adaptado a las ciencias sociales para caracterizar aquellas personas que, a pesar de nacer y vivir en situaciones de alto riesgo, no se quedan inertes sufriendo, sino que toman la decisión de avanzar, dar un salto, de moverse a otra postura, y por tanto, se desarrollan psicológicamente sanos y exitosos. Muchos teóricos, educativos y profesionales han definido la palabra resiliencia. Entre estas definiciones podemos mencionar algunas como la habilidad o la capacidad:

a. humana universal para hacer frente a las adversidades de la vida, superarlas o incluso ser transformado por ellas.

b. para enfrentarse efectivamente a los eventos y circunstancias de la vida severamente estresantes y acumulativas.

c. para surgir de la adversidad, adaptarse, recuperarse y acceder a una vida significativa y productiva.

d. para adaptarse exitosamente a pesar de todos aquellos factores biológicos de riesgos o eventos de vida estresantes.

La resiliencia es un concepto amplio, abarcador y genérico que se refiere a una amplia gama de factores de riesgo y los resultados de competencia. Puede ser el resultado de la unión de los factores ambientales, como el temperamento, y un tipo de habilidad cognitiva que tienen los niños, cuando son muy pequeños, de continuar avanzando no importa los factores negativos o adversos que se le presentan. Por otro lado, la resiliencia promueve y distingue dos componentes: la resistencia frente a la destrucción, esto es, la capacidad de proteger la propia integridad bajo presión; por otra parte, más allá de la resistencia, la capacidad para reaccionar positiva y socialmente aceptable pese a circunstancias difíciles, y cambiar o modificar la postura. Esto es, la capacidad de un ser humano o sistema social de vivir bien y de desarrollarse positivamente, de enfrentar adecuadamente las dificultades o las difíciles condiciones de vida, de una forma socialmente aceptable y más aún, de salir fortalecidos y ser transformados por ellas. Es importante establecer que la resiliencia es una gama de procesos sociales internos, es decir procesos dentro del ser humano y su mente o psique humana que lo capacitan y posibilitan para pelear y desarrollar una vida mental, emocional y psicológicamente sana, aunque esté viviendo en un ambiente físico o psicológico insano. Entonces estos procesos internos en la persona comienzan a funcionar a través del tiempo, interactuando con variables como la personalidad y atributos del niño y su ambiente familiar, social y cultural. De este modo, la resiliencia no puede ser pensada como un atributo con que los niños nacen, ni que los niños adquieren durante su desarrollo, sino que se trataría de un proceso con el medio ambiente.

Debemos resaltar dos aspectos muy importantes y básicos de la resiliencia: 1) la resistencia que tiene todo ser humano frente a la destrucción o situaciones adversas o degradantes; y, 2) la capacidad que poseen los individuos de armarse de fuerza y valor para proteger la propia integridad o dignidad del ser humano a pesar de la presión, estrés, tensión, ansiedad, depresión, entre otros, que resulta en sobreponerse y superar las crisis, el dolor, la muerte, la pobreza, como situaciones limitantes y extremas. Ante estas dos posturas el ser humano pelea constantemente con estas situaciones y resiste su cruel y doloroso embate, entonces resurge como un guerrero innato, como un luchador incansable y se torna un valeroso sobreviviente de la esperanza, de la confianza y de la fortaleza: elementos que una vez aprendidos servirán para reforzar la capacidad de reconstruir su propia vida a pesar de las circunstancias difíciles. Finalmente, y no menos importante, debemos hacer énfasis en la resiliencia como medio para la superación de las crisis. En las culturas orientales, las crisis, por ejemplo, se pueden visualizar como dificultades que se presentan, o por el contrario como oportunidades que nacen de una situación para permitir a la persona transformarse y cambiar de un viejo modelo a un nuevo ser: este nuevo ser es uno mejor y más positivo. Para los orientales, y nosotros debemos aprender de ellos, las crisis son conflictos de alta intensidad, y por lo tanto, con un alto poder de transformar individuos y sociedades. "Solo una sociedad madura para los conflictos, es una sociedad preparada para la paz", recuerda el maestro Estanislao Zuleta. A su vez, se puede afirmar que se tiene una crisis cuando lo que se vive puede, en la conciencia de cada ser humano, exceder su capacidad de respuesta o de recuperación, se pierde la esperanza y el sentido de lucha. Sin embargo, de repente estalla una fuerza interna o un poder oculto o un sentido de coraje, valor y dignidad que se revierte. Entonces este ser humano se vuelve más fuerte y cuanto más intensa puede ser una crisis, más fuerte el valor para superarla.

Este poder sorprendente que tienen las crisis en los seres humanos queda demostrado en las palabras del famoso Albert Einstein:

"No pretendamos que las cosas cambien si siempre hacemos lo mismo. La crisis es la mejor bendición que puede sucederle a personas y países porque la crisis trae progreso. La creatividad nace de la angustia como el día nace de la noche oscura. Es en las crisis que nace la inventiva, los descubrimientos y las grandes estrategias. Quien supera la crisis se supera a sí mismo sin quedar 'superado'. Quien atribuye a la crisis sus fracasos y penurias violenta su propio talento y respeta más a los problemas que a las soluciones. La verdadera crisis es la crisis de la incompetencia. El inconveniente de las personas y los países es la pereza para encontrar las salidas y soluciones. Sin crisis no hay desafíos, sin desafíos la vida es una rutina, una lenta agonía. Sin crisis no hay méritos. Es en la crisis donde aflora lo mejor de cada uno, porque sin crisis todo viento es caricia. Hablar de crisis es promoverla, y callar en la crisis es exaltar la conformidad. En vez de esto, trabajemos duro. Acabemos de una vez con la única crisis amenazadora que es la tragedia de no querer luchar por superarla".

Otro aspecto que se puede discutir de la resiliencia es que la misma opera en las distintas etapas de desarrollo. Se puede decir que son la base del desarrollo. Cuando las etapas traen sus conflictos, es donde la resiliencia se manifiesta ayudando al ser humano a superar las crisis.

Esto implica que la resiliencia puede observarse también en la vida de las personas como un factor:

    a.   innato para luchar contra las adversidades.

    b.   positivo de refuerzo y aprendizaje.

    c.   de crecimiento y desarrollo.

    d.   para dar sentido y significado a las experiencias que se viven.

    e.   de entendimiento del propósito de la vida, que aunque existan dificultades, siempre se puede encontrar algo positivo en la vida que sirva de guía y orientación.

    f.   de cambio y transformación personal y profesional.

    g.   para mantener en el ser humano la esperanza, confianza, fortaleza y fuerza para mantenerse sobreviviendo.

Como conclusión, podemos ver la resiliencia como ese todo (teoría gestalt que dice que el todo es más que la suma de sus partes), aquello que hace o nutre el potencial humano, y cuando este potencial humano se pone en vigor y se activa, desarrolla cambios en las personas produciendo buenos resultados. El ser humano adquiere la fortaleza que no importa si se viven o experimentan situaciones de alto riesgo, de gran estrés, tensión, ansiedad, éstas lo mantienen en un nivel de competencia alto, que le ayuda a mantener el balance emocional para superar el miedo, para desarrollar la fortaleza de convertir el trauma en una oportunidad de crecimiento. Por tanto, podemos visualizar las crisis como oportunidades de crecimiento, ya que implican el desarrollo y fortalecimiento de factores que apoyan, fomentan y promueven el potencial humano; ese que ayuda a superar las dificultades y salir fortalecidos de ellas.

Ahora bien, analiza el siguiente caso para que puedas entender con mayor facilidad el concepto de la resiliencia y cómo éste puede vincularse con la motivación para que la persona pueda superar las adversidades en su vida:

Marta es una mujer de 45 años de edad. Es madre de tres hijos entre las edades de 15 a 20 años. Actualmente se encuentra divorciada, dos de sus hijos viven con ella y la mayor vive sola. Del historial de Marta se desprende que la misma fue víctima de abuso sexual cuando tenía 6 años. Se crió con su madre y dos hermanas más, la misma indica haber sido maltratada por su madre y que pasaba muchas necesidades. Indica que sus padres estaban divorciados y prácticamente nunca compartía con su padre. María expresa además que a partir de sus doce años aproximadamente comenzó a escuchar murmullos y más adelante comenzó a escuchar voces. Ha tenido más de diez intentos suicidas y cinco hospitalizaciones en los últimos años. Actualmente asiste al psiquiatra y se mantiene en tratamiento de fármacos. La relación con sus hijos es conflictiva, principalmente con su hija mayor. Marta indica que su vida no tiene ningún sentido ni significado por lo que no desea seguir viviendo, piensa que la solución es dejar de existir.

Ahora bien, tenemos una serie de situaciones que pueden afectar directamente la vida de cualquier persona como le han afectado a

Marta. Primero que todo podemos entender, por la información provista, que Marta probablemente no pudo superar su crisis de *confianza frente a desconfianza* ya que no tuvo los cuidados ni se le saciaron sus necesidades básicas principales. De igual forma, las crisis de *Autonomía frente a vergüenza o duda, Iniciativa frente a sentimientos de culpabilidad, Laboriosidad frente a inferioridad, Identidad frente a confusión de roles, Intimidad frente a aislamiento* se han visto afectadas ante la no resolución de esa primera crisis. Por otro lado, la inclusión del abuso sexual en la vida de esta persona, cuando tan solo era una niña, representa un trauma que la misma ha estado llevando toda su vida ya que no ha querido buscar ayuda psicológica para ello. La base de apoyo principal de la vida, que son sus padres, no la posee. En la etapa de vida en la que se encuentra se supone que esté enfrentando la crisis de *creatividad frente a estancamiento* en donde su unión no dio el resultado esperado por lo que se divorció hace unos meses y su relación con las próximas generaciones (sus hijos) no es una adecuada ni saludable. La persona tampoco trabaja, por lo que la idea de ser funcional para la sociedad tampoco se ha realizado. Este ejemplo expone claramente un cuadro sumamente negativo y difícil de manejar. ¿Cuál pudiera ser la lección que esta persona tiene en su vida ante tantos aspectos negativos? Quizás la lección que la vida le presenta, va encaminada a la postura 2, y es que no importa cuántos obstáculos tengamos en la vida, su vida continúa y debe aprender a seguir hacia adelante y no vivir en el pasado. Es decir, no debe quedarse con los brazos cruzados (postura 1: **no hacer nada**), en cambio se le presenta la oportunidad de actuar de acuerdo con otra revelación como la necesidad de ser una persona fuerte, de ser luchadora y que ya es tiempo *de dejar de sufrir, ya es tiempo de detener esa postura y asumir otra* (postura 2: **haz algo**

diferente, asume una postura nueva). ¿Cómo puede esta persona encontrar su motivación?

Si nos basamos en lo discutido anteriormente, lo primero que debe hacer esta persona es tener la **voluntad (motivacion)** y **poder y control (resiliencia)** de buscar ayuda profesional de un psicólogo clínico. De esta forma, podrá comenzar a trabajar el proceso para superar el abuso del cual fue víctima cuando niña. Comenzar a sanar su niña interior para comenzar a trabajar sus situaciones actuales. Como segunda, tener la **voluntad (motivacion)** y **poder y control (resiliencia)** de buscar un grupo de apoyo que en su caso podrían ser grupos de ayuda para personas víctimas de abuso sexual. Su familia inmediata no puede ser vista como grupo de apoyo en tanto no comiencen un proceso de terapia psicológica también (sus hijos e hija). El sentido de poder conseguir un futuro mejor, algo nuevo y diferente en su vida, puede ser una motivación para ella misma. Marta solo recuerda sufrimiento y dolor. Marta dice:

—Yo no pedí nacer, no pedí venir al mundo. Solo recuerdo dolor y tristeza, solo quiero descansar.

—¿A qué se refiere con descansar? —se le pregunta.

—Descansar para siempre, no despertar más, quiero que me dejen tranquila.

Marta piensa que la solución a su situación es el terminar con su vida. Piensa que su vida no tiene significado más que cuidar a sus hijos. Ahora que están más grandes, ya no tiene propósito en la vida. Marta no observa como posibilidad el derecho a ser feliz, a cambiar el ritmo de su vida. Su motivación debe basarse en la alternativa de alcanzar su felicidad y utilizar el poder de la resiliencia que le ha demostrado que a pesar de todas esas experiencias traumáticas que ha vivido, su vida tiene sentido, su vida puede y debe continuar. Además, recientemente se ha divorciado, era un matrimonio sumamente disfuncional, no dormían juntos, existía historial de infidelidad por parte de su esposo, maltrato emocional y verbal. Marta indica haber tomado la decisión de divorciarse luego de quince años de matrimonio, por la situación tan difícil en el hogar, pero no reconoce ni desea aceptar que esta decisión fue la correcta, expresa que *"ahora estoy más sola que nunca y los que me aconsejaron que lo hiciera no están."* Si Marta tomó la decisión dejándose llevar por los demás, podría experimentar lo que anteriormente se mencionó, frustración al sentir que su motivación no fue la correcta. Si por el contrario, Marta pensara que la decisión la tomó por ella misma, tendría la motivación suficiente para seguir hacia adelante y evitar sentirse más culpable. Aún Marta tiene la oportunidad de rehacer su vida, pensar en cuidarse más, y darse el cariño y el amor que tanto desea recibir. Marta podría buscar un trabajo o actividades que le provean entretenimiento y distracción. Puede comenzar a organizar su vida y luchar por sus hijos y la relación con éstos. Encontrar su motivación le ayudará a tomar las riendas de su vida. Su motivación debe estar fundamentada en ella misma para poder crear un cambio real en su vida. Debe continuar con su terapia farmacológica para trabajar con las voces y los síntomas psicóticos. Debe combinar esta terapia con terapia psicológica enfocada en la superación del abuso y el desarrollo de destrezas para superar sus situaciones actuales. Puede ingresar y participar de grupos de apoyos para poder aceptar la realidad de otras personas, poder identificarse con ellas y así ayudarse en el proceso de sanación interior. Debe creer y convencerse que ya el tiempo de sufrir terminó, que las experiencias difíciles y traumáticas ya no pueden hacerle daño, que gracias a esas experiencias ella es una mujer fuerte. Porque la resiliencia es el poder y el control que al igual que todos, Marta posee. Marta pudiera ser transformada por el proceso y la superación de cada una de sus situaciones. Ahora es tiempo de ser feliz. Debe aprender a darle valor a su vida, a ver cada día como una oportunidad de hacer la diferencia y de seguir hacia adelante. Marta no tiene la motivación, porque no está dispuesta a luchar por ella misma, piensa que no vale la pena, porque no ha entendido su revelación de vida. Pero debe conocer que posee el poder de la resiliencia que la vida misma se lo ha demostrado, que no importa los obstáculos que ha enfrentado, su vida no se detiene. Marta debe aplicar los dos aspectos básicos de la resiliencia antes mencionados en este capítulo: utilizar la resistencia que posee todo ser humano frente a la destrucción o situaciones adversas o degradantes; y/o la capacidad que posee Marta de armarse de fuerza y valor para proteger su integridad a pesar de la presión, estrés, tensión, ansiedad, depresión, entre otros factores que han estado afectando su vida. De esta forma se convertirá en una sobreviviente, un término que más adelante explicaré y daré un sentido más abarcador al mismo.

Para concluir, la resiliencia es una herramienta que promueve en el ser humano la confianza y la esperanza de una manera real y verdadera. Promueve fortaleza, coraje y valor para mantenerse sobreviviendo a pesar de las dificultades, las situaciones limitantes, los obstáculos, las barreras, los problemas, las crisis; centrando y utilizando todas sus fuerzas y potencial humano para superar lo que se vive. Hay que recalcar que la confianza, y la esperanza nunca se utilizan como mecanismos de escape, sino como herramientas de fe para descubrir ese potencial positivo real que se tiene, pero que muchos lo tienen escondido en una mirada superficial y pesimista de lo que entiende es el valor humano en el mundo. Sin la resiliencia, mis situaciones de vida me habrían afectado más de lo que realmente lo hicieron, pero la vida me tenía otras situaciones difíciles que si no fuese por la combinación de estas dos herramientas (motivación y resiliencia) el superar las mismas habría sido un proceso mucho más extenso y quizás traumático tanto para mí como para mi familia. Recuerda que en la vida siempre existirán tropiezos, barreras y obstáculos que te provocarán dolor, tristeza y sufrimiento, pero es deber de cada uno de nosotros reconocer nuestras destrezas y dirigir nuestra vida al cambio y no a la resistencia.

Ejercicios:

1. Identifica cuáles son o pueden ser las situaciones limitantes, barreras u obstáculos en tu vida. Al decir situaciones limitantes, barreras u obstáculos, hablamos de aquellos factores que actualmente están limitando tu progreso, y explica cómo puedes hacer para superar los mismos.

2. Piensa detenidamente en el transcurso de tu vida como si estuvieras observando una película. Intenta recopilar de esas barreras, situaciones limitantes, cómo pudiste superarlas, cómo seguiste viviendo. ¿Entiendes que has experimentado la resiliencia?

3. Identifica lo que es importante y positivo para ti y cómo puedes transformar estas situaciones limitantes, barreras u obstáculos en aspectos positivos de aprendizaje y benefactores para ti.

4. Analiza tu momento actual, analiza tu vida, enfócate en ti, piensa en los cambios que tienes que realizar, piensa en cómo

vas hacer estos cambios, internaliza en cómo esos cambios te beneficiarán y comienza a establecerlos poco a poco.

5. Para que estés seguro que estás llevando a cabo tu plan de desarrollo correctamente, anota cada logro y celebra cada uno. Esto te ayudará a desarrollar confianza, esperanza, fortaleza para continuar, hasta lograr aquello que te propones.

Capítulo V:
Conviértase en un sobreviviente

E l mantenerse motivado es una tarea ardua, pero a su vez es reconfortante. Fomenta el caminar de nuestra vida. Estimula el continuar remando aún en el mar incierto que puede resultar ser la vida. Unida la motivación a tu resiliencia, entonces tendrás la voluntad y el poder de continuar para poder alcanzar tus metas. En este punto, ya has podido identificar que tienes una voluntad (tu motivación) y has aprendido que llevas una fuerza y un poder interior (resiliencia) para continuar, luchar y seguir el camino que decidiste emprender una vez abriste este libro. No te detengas. Continúa para que veas cómo tu vida cambiará de rumbo. Debes ahora trabajar con esos factores que pueden ser los causantes de las situaciones por las que estás pasando en estos momentos y que a su vez te están quitando tu motivación. Pero, ¿cómo se hace? ¿Cómo lo consigues?

Transcurridos unos años más en mi vida, y ya realizados algunos ajustes, me toca enfrentarme con uno de los eventos más impactantes y significativos de mi existencia. Esto justo en el momento cuando tenía mi motivación, mi rumbo, mi norte; la tierra a mi alrededor tembló, mis bases sólidas de apoyo se estremecieron. Me enfrenté a la muerte. Muchos individuos interpretan la muerte como el proceso final de vida por el cual todo ser viviente tiene que pasar. Otras personas pueden describirlo como una transición de una etapa a otra en donde se deja de existir en cuerpo y se vive en alma en otra vida. Para otros es simplemente el fin de todo y nada más. Por tanto, la muerte es un tema del cual no se habla mucho, sin embargo, despierta un interés inmenso para encontrar significado a la misma. En muchas personas despierta un miedo a cuándo llegará el momento y de cómo será el mismo, pero lo cierto es que nadie sabe exactamente cuándo va a morir. Solo sabemos que nos tocará a todos.

El día que supe la noticia que a mi abuelo le había dado un derrame cerebral, sentí que mi mundo se derrumbaba. Él era un ser humano extraordinario, una persona amorosa, sincera, cariñosa y responsable. Desde que tengo uso de razón, recuerdo que siempre me demostraba su amor incondicional, su ternura y su cariño hacia mí. Siempre buscaba el momento de abrazarme, apretarme y besarme, mientras que yo —niño al fin— trataba de escaparme para que no lo hiciera. Cuando fueron pasando los años, y fui creciendo, comencé a darme cuenta de lo especial que era y de la importancia que tenía para él, el compartir de mi tiempo para dedicárselo a su persona. Una vez, pasados varios años, comenzó a perder la vista. Era una persona muy activa y dinámica, siempre se valía por sí solo y trataba de no depender de nadie ni pedir ayuda. Simplemente no quería incomodar ni ocupar a nadie, así era él. Al llevarlo al médico, le diagnosticaron glaucoma —una enfermedad de la visión en donde la persona va perdiendo la vista progresivamente y puede llegar a perderla por completo— las alternativas para su tratamiento incluían operación, pero en su estado tan avanzado solo le dieron gotas para retrasar el progreso de la misma. A cualquier otra persona que se le hubiese dado esa noticia, le destruiría la vida por completo o causaría mucho dolor y sufrimiento.

Él era diferente, se mantenía callado y aceptó lo que le tocaba vivir. Así era él, humilde, por que no deseaba que nadie se preocupara o sufriera por él. Poco a poco fue acoplándose a su nuevo estilo de vida, ya no podía salir al pueblo como hacía antes, ya no podía ir a pie a visitar a su hija más cercana. Ciertamente su vida había cambiado por completo, pero aún así escuchabas sus chistes incesantes, sus bromas inesperadas y sus ganas de expresar amor incondicional. Realmente lo admiraba, pensaba siempre dentro de mí: "Wow, apenas puede ver nuestra silueta, no puede hacer las cosas como las hacía antes, pero sin embargo sigue haciéndome reír como si nada hubiese pasado". Ya para ese tiempo era uso y costumbre sentarme a su lado para escucharle hablar y para expresarle lo mucho que lo amaba. Aunque estuviera sin poder ver, la rutina no cambiaba. Siempre que llegábamos a su casa, caminaba hasta la sala, nos besaba, abrasaba y se sentaba en el sofá para hacernos reír o contar historias jocosas del pasado. Realmente disfrutaba escucharlo hablar. Nunca oí de su boca cosas negativas de lo que sufrió, de lo que tuvo que pasar o de lo que necesitaba. Solo escuchaba de sus palabras, lo mucho que me amaba y lo importante que era que estuviéramos bien.

Para mi madre, él significaba más que eso. Era el ejemplo a seguir, su inspiración y la luz de sus ojos. Ella siempre estaba al pendiente de abuelo, siempre iba a visitarlo y siempre lo llamaba para saber cómo estaba, él y abuela. Pasaba ratos con él, horas hablando y riendo sin parar. Siempre me he dicho que: "de tal palo tal astilla", porque ella es exactamente igual a él en su sentido del humor y en su amor incondicional. Nunca es suficiente para ellos el amor que pueden ofrecer, simplemente no tienen límites. Por eso, cuando supe la noticia, me preocupé muchísimo. Sabía que el impacto para mi mamá sería demasiado y no sabía si podría soportarlo. Más aún porque ella estuvo presente cuando le ocurrió:

Mi madre y mi abuela acababan de llegar juntas, a la casa de mis abuelos. Venían de rezar por el recién fallecimiento del hermano de abuela. Ya era de noche, pero mi abuelo aún estaba en la sala junto a uno de los hermanos de mi madre. Cuando llegaron a la casa, mi madre notó a mi abuelo desorientado, y que repetía constantemente:

—Cómo están las nenas —preguntaba, salvo que mi madre tenía solo hijos varones.

—De qué muchachas tú hablas —le decía mi abuela, mientras mi madre sospechaba que algo no andaba bien con él. Lo notaba pensativo.

—Me duele la cabeza —decía.

Mi madre decidió llamar a uno de sus hermanos mayores para explicarle la situación y para determinar si llevarlo al médico. Durante ese momento mi abuela resuelve llevarlo a la cama a descansar y le da un medicamento para el dolor de cabeza. Más tarde llegó el hermano de mi mamá junto a su esposa y se dirigieron con él al hospital de Ciales. Una vez llegaron al hospital y lo atendieron, mi abuelo cerró sus ojos y no los volvió a abrir más.

Transcurrieron diez días en los que mi abuelo estuvo en el hospital. Su cuerpecito frágil y delgado se estremecía constantemente en la cama ya que reaccionaba a movimientos involuntarios. Sudaba constantemente y no respondía ni abría sus ojos. La familia siempre se mantuvo unida durante esos eternos diez días, constantemente iban a visitarlo, ya que la mayoría reside en Ciales. Nosotros, los que estábamos en la universidad, también fuimos en varias ocasiones. Recuerdo que un día, se nos pidió a cada uno de los miembros de la familia que fuéramos al hospital. Nos había convocado la esposa del hermano de mi madre, quien había llevado a mi abuelo al hospital. Es una mujer muy fuerte, inteligente y decidida. En las diferentes situaciones por las que pasaba la familia, así como actividades, eran dirigidas y organizadas por ella. Por tanto, en ese momento no fue la diferencia, aunque no era hija de abuelo, sé que se considera como una y siempre mostraba interés en ayudarlos. Cuando estábamos reunidos, nos explicó que el motivo para la reunión era para que conociéramos la condición de abuelo y decidiéramos darle el último adiós. Mientras ella hablaba, las caras de dolor y sufrimiento en cada uno de nosotros era evidente. Todos guardaban la esperanza de un milagro, de un cambio en su estado, pero las palabras de mi tía solo revelaban la desgarradora realidad que su tiempo había llegado. Así acordamos todos darle el último adiós a nuestro *querido viejito*. Poco a poco cada uno de nosotros fue entrando al frío cuarto de hospital para decirles las palabras de amor que abuelo necesitaba escuchar de nosotros. Mientras pasaba el tiempo, mi mente estaba en blanco, el silencio recorría aquella sala de espera, solo se ahogaban en ese silencio las lágrimas y la tristeza de cada uno de los que salían del cuarto. Cuando me tocó a mí, sentía mis manos adormecidas, me temblaban las piernas y tenía un nudo en mi garganta. Recuerdo que al entrar al cuarto, mi tía estaba junto a la cama. Cuando me dirigí hacia él, pude observar cómo continuaban los movimientos involuntarios del cuerpo, realizaba un movimiento constante en sus labios, y sus ojos permanecían cerrados. Me paré junto a su cama y le dije: *"Papito, has sido el mejor abuelo que Dios me ha podido regalar en la vida, te amo. Ya tu trabajo aquí terminó, todos estamos bien, así que ya puedes descansar, te amo..."* No pude contener las lágrimas, sentía que mi corazón era exprimido sin piedad y que no existía consuelo suficiente para sanar mi dolor. Justamente al décimo día de su hospitalización, durante las horas de madrugada, su corazón decidió cesar y dejar de hacer su labor. Su cuerpecito delicado y delgado ya no se movía más. Solo había paz en él. Cuando falleció, yo me encontraba en la universidad. Recuerdo que tenía exámenes finales y tan pronto salí de la universidad me dirigí a mi apartamento donde mi prima me notificó que nuestra tía había llamado para confirmar que abuelo había muerto. Aunque me tomó tiempo asimilar la información, sentía un vacío profundo en mi alma y en mi corazón. La tristeza me embargaba y no sabía cómo enfrentarme a la pérdida, ni mucho menos cómo me enfrentaría al dolor de mi madre. Nos fuimos todos para Ciales a afrontar el momento, entre nosotros los primos (mis dos primas, mi hermano y yo) nos consolamos mutuamente y tratamos de prepararnos para lo que nos esperaba. Pensaba que el tener conocimiento de un estado delicado de salud y la alta probabilidad que moriría de un momento a otro causaría que el dolor fuera menor que el que ocurriera inesperadamente, pero no fue así.

En el velorio, cuando se abrieron las puertas de la funeraria, fue uno de los momentos más difíciles y escalofriantes que he presenciado en la vida. Se escuchaban los gritos de dolor de las hijas mientras corrían hacia el ataúd. Cuando me fijé en ellas, pude ver que una de las que protagonizaba aquella escena era una tía que había llegado de los Estados Unidos y la que menos tiempo había compartido con él en los últimos años, ya que llevaba varios años establecida allá. Mientras el tiempo transcurría, me dediqué a observar aquel cuerpo en descanso en donde tanto amor pude depositar y demostrar en vida.

Nunca antes me había atrevido a tocar a una persona fallecida, pero con abuelo pensaba diferente. Se veía sereno, descansado, dormido, no parecía que hubiese sufrido en las últimas horas de vida. Comencé a acercar mi mano hacia su cabeza, mientras observaba como la misma temblaba, hasta que lentamente pude acariciar su grisáceo cabello. Fue algo totalmente extraño. En ese momento, algo dentro de mí me decía que él ya no estaba allí. Su alma, no sé, ya no lo sentía a él. Cuando toqué sus manos sentí la misma sensación, no eran las mismas manos que me acariciaban y me abrazaban. Definitivamente ya no estaba allí. Me arrodillé delante de su ataúd y comencé a llorar mientras rezaba en silencio. Durante esos minutos solo éramos él y yo. Cuando me puse de pie dirigí mi mirada hacia una de las personas que más me preocupaba en ese momento, mi madre. Cuando la vi, estaba sentada en el sofá que quedaba en el área frontal al lado izquierdo del ataúd. Estaba en una esquina del mismo, hundida entre los cojines. Una de sus manos estaba puesta como si estuviera sosteniendo su frente. Mientras la otra sostenía un pequeño pedazo de servilleta consumida por sus lágrimas. Me acerqué a ella, pero uno de los visitantes se le acercó primero para ofrecerle sus condolencias. Mientras lo hacía, ella solo lo miraba y asentía con la cabeza; pero su mirada estaba perdida. Casi parecía que podía atravesar a aquella persona que intentaba consolar su dolor. Sentía que no estaba allí, pensaba que no aguantaría y que ella también se me iría. Cuando llegué hacia ella y la abracé, ella me correspondió con un suave abrazo, que me indicaba mucho agotamiento, cansancio y dolor. Realmente creía que ella perdería el interés por seguir hacia adelante, por continuar la vida como se supone que lo hiciéramos todos. Gracias a Dios me equivoqué, el proceso del entierro fue aún más difícil y fuerte para ella y para todos nosotros, pero aún así logró enfrentarlo. Pasó ese tiempo, perdida, desorientada, pensativa y distante, pero no se rindió. Esa voluntad y poder me enseñó a mí mucho sobre la vida, sobre el poder de la motivación y resiliencia que ella tenía para seguir, para no rendirse. Aunque la sensación de vacío que experimentaba era enorme, pude sobrellevar el proceso. Pude observar a muchas amistades, conocidos y allegados que supieron estar presentes en un momento de dificultad de nuestra vida. Recuerdo que durante el sepelio, observaba las caras de cada uno de los hijos —mis tíos— alrededor de aquella fría fosa, mientras lentamente deslizaban el ataúd que se encargaría de guardar aquel cuerpecito que había terminado su función. No importa cuán fuertes se hubiesen proyectado en su vida, en aquel momento solo eran aquellos hijos que le decían el último adiós a su padre.

Al igual que muchas familias —para la nuestra— el proceso de pérdida es uno devastador y difícil de sobrellevar. Requiere de mucha unión, aceptación y fuerza para enfrentar el mismo y aprender a sobrellevarlo. Pero de igual forma, este proceso puede ser diferente, según las culturas, creencias y costumbres de cada país, nación y/o pueblo en donde ocurre. Existen familias que, en el proceso de pérdida, se despiden y continúan su vida de inmediato, todo regresa a la *normalidad* dentro de su vida rutinaria. Esto no quiere decir que no hayan sufrido la pérdida, que no aman a la persona, simplemente así es que manejan el proceso de pérdida. Otras personas realizan rituales más drásticos en los que pudiesen extender el proceso de cierre de esa pérdida. Un ejemplo de esto puede ser aquellas personas que realizan un sepelio en donde cada persona tiene una camisa con la foto plasmada de la persona fallecida. Realizan caravanas y en sus autos han colocado un emblema en donde especifican que recordarán a esa persona por siempre. Este podría agudizar el proceso de aceptación de la pérdida, pero no quiere decir que esté mal realizar el mismo.

Es un ejemplo de cómo una familia maneja ese proceso. También existen personas, que al fallecer su pareja, deciden no volver a entablar una relación de pareja con nadie más, y viven su vida solitaria en ese sentido. Es importante especificar que cada persona experimenta su proceso de forma diferente, pero todos experimentamos lo que es el proceso de duelo.

La autora Kübler-Ross (1969) describe el proceso de pérdida a través de una serie de cinco etapas por las cuales cada persona llega a experimentar la pérdida de un ser querido. Este proceso de pérdida no solamente puede aplicarse ante el enfrentamiento de la muerte. A su vez puede aplicarse ante la pérdida de un trabajo, cambio de país, escuela, partida de alguna amistad, pérdida de algún objeto significativo, entre otras. Es decir, este proceso se basa específicamente al suceso de perder algo y/o alguien significativo para cada persona y de cómo la persona se adapta al enfrentarse a la situación. Puede que para algunos la pérdida de su trabajo sea solamente eso, pero para otros podría significar un sueño sin completar, una meta no alcanzada o la pérdida de un estilo de vida. Otro ejemplo pude ser la notificación del padecimiento de una condición médica terminal o que no tenga cura. Son situaciones en las que la vida del individuo o persona sufre un cambio y/o pérdida significativa provocando que experimente las etapas descritas por la Dra. Kübler-Ross. Es importante señalar que estas etapas no tienen un orden lineal ni necesariamente sean experimentadas en su totalidad, aunque muchas personas —y existe evidencia científica— expresan que las experimentan en su totalidad. No obstante, el poder experimentarlas ayudaría a todo ser humano a resolver la crisis de pérdida. El proceso de duelo no tiene un tiempo específico de duración, por lo que cada una de las etapas se dará dependiendo la persona. Estas etapas son las siguientes:

1. *Negación:* En esta etapa, la persona utiliza el mecanismo de defensa de la negación de forma inconsciente para poder enfrentar la noticia y poder seguir con su vida, evitando el dolor ante la pérdida. Todos hemos utilizado este mecanismo de defensa en alguna situación de nuestra vida. Implica esa sensación que no se acepta la situación, se niega que pueda estar ocurriendo la misma. Un ejemplo de esto puede ser el siguiente: Una joven se entera que su padre acaba de fallecer de un infarto cardiaco. Al momento de recibir la noticia la misma comenzó a gritar constantemente *"No puede ser, no puede ser. El está bien, viene de camino. Va a llegar ahora. No digas más, cállate".* La reacción de la joven representa un ejemplo claro de negación. Para ella su padre está de viaje, está en otro lado y va a llegar pronto. Otras personas pueden decir que esa persona está en otro país y regresará luego, pero en el momento en el que recibe la noticia, no pueden aceptar que la persona falleció. Otro ejemplo común es cuando un doctor da una mala noticia a una persona respecto a que ella o él se le ha encontrado una enfermedad terminal, como por ejemplo un cáncer, y la persona comienza a decirle que eso no puede ser, que él está equivocado y que como persona él tiene derecho a buscar otra opinión. Entonces la persona comienza a buscar otras opiniones una y otra vez, negando su situación. Por otro lado, también hay personas que reclaman a Dios diciéndole: "Dios, esto no puede estar pasándome a mí. Oh Dios, tú no me puedes estar castigando de esta forma, yo no he hecho nada malo para merecer esto".

2. *Coraje/Ira:* Ante la impotencia de no poder cambiar la noticia ni lo que se está experimentando, la persona siente una sensación de coraje. Se comienza a cuestionar lo ocurrido y la injusticia que lo que está ocurriendo le afecta a él o a ella y no a otras personas. Puede surgir, en ese entonces, sentimientos de envidia a toda aquella persona llena de vida y de energía. Surgen las interrogantes: ¿por qué tenía que ser yo? ¿Por qué tengo que pasar por esto? ¿Por qué a mí? Se comienza a cuestionar el significado de la experiencia y de lo injusta que pudiera ser la vida con ellos. Un ejemplo de esta etapa es aquella persona que se llena de ira ante los demás porque no entienden su situación y no comprenden su dolor. Puede ser también aquella persona que se llena de ira ante Dios o un Ser Superior por lo que ocurre y lo culpabiliza a Él. No está dispuesto a aceptar lo que está experimentando y le consume el dolor y la ira por tener que enfrentarlo.

3. *Negociación:* En esta etapa, la persona comienza a experimentar sentimientos y pensamientos encontrados ante la pérdida. Comienza a analizar el proceso de vida y de muerte o el proceso de aquello que perdió y no lo volverá a recuperar (en caso de que sea pérdida de empleo, pérdida de casa, entre otros). Es la identificación de la verdad, de la realidad de lo ocurrido. En esta etapa la persona comienza a negociar la realidad presentada con la vida o Ser Superior. Un ejemplo de esta etapa es aquella mujer que ante la enfermedad terminal de su esposo (con el que vive desde hace veinte años) le pide a Dios que cambie su vida por la de él. Ella ha aceptado que su pareja va a morir, pero intenta negociar. Otro ejemplo puede

ser aquella persona que conoce su diagnóstico de enfermedad terminal y le pide al Ser Superior: *"Por favor, mi Dios, te pido que me permitas llegar hasta ver a mi hijo nacer". "Todavía no, necesito pedirle perdón a mi madre". "Si me dejas vivir algunos años más haré lo que sea".* Se intenta negociar con ese Ser Superior en busca de más tiempo para alcanzar una meta o un deseo.

4. *Depresión:* La persona, en esta etapa, puede llegar a experimentar síntomas asociados con el diagnóstico de depresión como lo son: llanto frecuente, tristeza profunda, angustia, insomnio, desesperanza, pérdida de placer por las cosas que antes disfrutaba hacer, entre otros. No necesariamente cumple con los criterios para el diagnóstico de depresión, pero no se puede descartar que esta persona pueda desarrollar la misma. La persona se siente imposibilitada ante el proceso que experimenta y la incapacidad de no poder hacer nada para cambiarla. Ya ha podido identificar la realidad de vida, pero experimenta todas estas emociones y síntomas porque no puede realizar nada para cambiarlo. Es en este punto que la persona puede pensar en por qué continuar, para qué seguir esforzándose, una vez reconoce que va a morir o aquello que perdió no va a poder recuperarlo. En muchos de los casos es en este punto que pueden llegar a aislarse, a no querer hablar o compartir con nadie. Puede pasar tiempo lamentándose o simplemente llorando la mayoría del tiempo. Es importante que se experimente este proceso para que pueda comenzar a superar la pérdida.

5. *Aceptación:* La persona enfrenta finalmente la última etapa del proceso de duelo o pérdida. Ha asumido la verdad de la

situación y ha aceptado el desenlace. Entiende que no puede cambiar la misma solo enfrentarla y aprender a continuar viviendo su vida. Esta etapa es la más importante de las etapas identificadas por Kübler-Ross ya que con ella llega la paz y la tranquilidad. Finalmente la persona entiende que no debe continuar la lucha contra la situación sino que debe prepararse y dejar de lamentarse. Muchas de las personas prefieren experimentar esta etapa solos para poder desprenderse un poco y prepararse a nivel emocional. Es entonces cuando por fin la persona le da cierre al proceso de pérdida. Un ejemplo de esta etapa es aquella persona que luego de perder su empleo de más de diez años, decide comenzar a buscar otro, y seguir con su vida. También puede ser aquella persona que luego de la muerte de su esposa o esposo decide darse una oportunidad con otra persona, ya que se siente preparado para ello.

Cuando perdí a mi abuelo, pude experimentar estas etapas al igual que la mayoría de mis familiares. Ahora sé cuáles son y cómo se puede pasar por cada una de ellas. Hoy día recuerdo con mucho amor y cariño a mi abuelo, pero lo recuerdo con mucha alegría. Tantos momentos de salud y de amor que me brindó en vida. Es uno de los ejemplos a seguir y un amor que nunca terminará. Por eso entiendo que pude darle un cierre adecuado a este proceso de duelo. Muchas personas pasan por este proceso, pero no logran superar la pérdida. Un ejemplo de este caso, es aquella persona que luego de haber transcurrido más de cinco, diez años, de haber perdido a ese ser querido, no ha podido retomar el rumbo de su vida. Personas que no vuelven a tener una pareja, personas que lloran todos los días aún transcurrido mucho tiempo después de la pérdida. También personas que no continúan buscando alcanzar sus metas, sus aspiraciones, solo deciden dejar de luchar.

Existe una variedad de personas, entre ellas, aquellas que deciden permanecer como víctimas de la situación, de la pérdida, de lo ocurrido, algunas perpetuando el Síndrome del Masoquismo, del sufrir sin parar. Estas personas no deciden crear un cambio en su vida o retomar el rumbo, o simplemente crear una nueva manera de lidiar con lo ocurrido. Claramente esto puede ocurrir si aquello que perdimos o aquella persona que ya no está era uno de nuestros motivadores para seguir la vida. Un ejemplo puede ser el siguiente:

Antonio y Rosa son padres de Miguel, un joven de diecisiete años de edad. Es estudiante del grado doce y aspira a estudiar medicina cuando llegue a la universidad. Es un joven responsable, educado y de buen humor. Sus padres se han dedicado la vida trabajando incansablemente para poder sacar su familia hacia adelante y suplir las necesidades de Miguel. Rosa había tenido dificultades para quedar embarazada, por lo que buscaron ayuda profesional hasta que pudo tener a Miguel. Después de él, quedó embarazada, pero tuvo un aborto natural. Ese evento afectó mucho a Rosa y a Antonio porque deseaban tener una niña. Rosa pasó varias semanas deprimida, pero eventualmente logró superar el suceso. Cuando faltaban solo unos días para la graduación de Miguel, sus amistades lo invitaron al cine. Su madre accedió a darle el permiso ya que confiaba plenamente en su hijo y sabía que regresaría a la casa puntualmente como de costumbre. Esa noche Miguel no regresó más. A las once de la noche, el teléfono celular de Antonio sonó. Rápidamente Rosa sintió un escalofrío que le recorrió todo su cuerpo y pensó que algo había ocurrido. Cuando escucha el grito de su esposo, sus peores miedos y terrores le fueron confirmados. Miguel y sus amigos habían tenido un accidente en el cual los tres jóvenes habían fallecido. Rosa sentía que su cuerpo no le respondía, sentía que su pecho quería reventar y su cabeza quería estallar. Se desplomó al suelo sin decir palabra alguna. Antonio corrió a socorrerla mientras se ahogaba en llanto y dolor, pero alcanzó a levantarla del suelo y colocarla en el sofá de la sala.

Cuando Rosa despertó, estaban algunos de sus familiares alrededor de ella, todos llorosos y tristes. Aún así al despertarse comenzó a gritarles: "Fuera de la casa, fuera. Mi hijo está por llegar y es muy tarde, debe estar cansado". Todos a su alrededor la miraban desconcertados y atónitos. Ellos no entendían que estaba pasando por la etapa de negación, no aceptaba la realidad. Antonio al ver a su esposa de esta forma, se llenaba de ira e intentaba consolarla mientras miraba hacia arriba buscando alguna respuesta. Dentro de él maldecía y miraba con coraje a las personas que estaban a su alrededor. Sentía que los envidiaba porque no sabían lo que era perder un hijo: "No entienden nuestro dolor, no saben lo que es esto". Estaba experimentando la etapa de ira y coraje. Siempre se decía que por qué no se lo llevaron a él y sí a su único hijo, porque eso no era justo: "Él era mi razón de vivir". Ya en este momento se encontraba en la etapa de negociación, había aceptado la realidad de la muerte de Miguel, pero intentaba negociar su vida por la de él. Luego del proceso del entierro, Rosa parecía ser otra persona, no hablaba, no sonreía, no deseaba hacer nada. Apenas dormía, lloraba la mayoría del tiempo encerrada *en el cuarto de Miguel. Entre Antonio y Rosa la comunicación se extinguió. Antonio intentaba acercársele a su esposa para conversar, animarla a comer, pero ella solo lloraba en silencio y solo indicaba "No" con su cabeza. Antonio la entendía, pero se decía a sí mismo: "Ya es tiempo de seguir, eso hubiese querido Miguel". Habían transcurrido cuatro meses y aún Rosa reusaba salir de la casa, a ir a trabajar o a tan siquiera comer como lo hacía antes. En una de las pocas conversaciones entre Antonio y Rosa, ella le reclamó: "Cómo pudiste olvidarte de tu único hijo, cómo puedes seguir trabajando y compartiendo con tus amistades si ya tu hijo no está. ¿Acaso no lo amabas?". Antonio no podía creer lo que escuchaba, se llenó tanto de ira y decepción que sin mediar palabras recogió sus cosas y se marchó. "Cómo se atreve a cuestionar mi amor por Miguelito, ¿acaso ella lo ama más que yo? Ya no puedo aguantar más, han pasado ocho meses de su muerte y aún lo recuerdo como si estuviera aquí, pero tengo que seguir hacia adelante por mí y por él". Mientras, Rosa solo sentía coraje y tristeza porque nadie entendía su situación, sus sentimientos. Solo deseaba llorar y no hacer nada más en su vida. "¿Qué más puedo hacer? Mi vida ya no tiene sentido. Estoy condenada a sufrir".*

En este caso, observamos las diferentes etapas del proceso de duelo y a su vez, vemos la resolución del mismo por parte del padre del joven y el estancamiento de la madre en la etapa de la depresión. Esta persona se siente víctima de la situación, siente que nadie puede comprender lo que le sucedió y por lo tanto su vida es y seguirá siendo una vida de dolor y sufrimiento. Se ha convertido en víctima. Claramente se debe aclarar que la pérdida de un ser querido, especialmente de un hijo, es una pérdida irreparable y como diría una de mis clientes: *".es como si la mitad de mi corazón se me hubiese muerto. Ya no sé cómo vivir"*. Es como empezar desde cero, pero al igual que toda pérdida es algo que debemos sobrellevar y continuar el rumbo de nuestra vida. Debemos ser resilientes... Debemos aprender a ser sobrevivientes de las situaciones. Esto es, cuando nos preocupamos por nosotros mismos, por alcanzar lo que deseamos y nos merecemos. Recuerda que no estoy indicando que es fácil y que el camino no es arduo ni pedregoso. Todo lo contrario, es un camino muy difícil, pero si ya conoces en qué etapa de tu vida te encuentras, por cuál crisis estás pasando o necesitas superar, tu camino se hará más llevadero. Más aún, si ya has encontrado tus motivadores, siendo tú el número uno en esa lista, y reconoces que tienes la fuerza innata o el poder de cambiar tu situación, entonces, los golpes y tropiezos que te encuentres serán menos fuertes. Quizás te derrumbes o al tropezar, caigas al suelo, pero podrás levantarte porque sabes que todavía te faltan cosas por alcanzar, conocer, experimentar y vivir. Así que limpiarás tus llagas y heridas y seguirás tu camino. Es tu vida. Tú eres el protagonista de la misma, por lo que tienes que seguir hasta el final del espectáculo. Cuando hayas seleccionado tu grupo de apoyo, tu carga se aliviará, conocerás que sí hay gente que te entiende, que te comprende y que te acepta incondicionalmente. Descubrirás que si no tienes familiares o amistades que cumplan esa función, existen entidades y/o grupos que te ayudarán y que se unirán a ti como familia. Te darás cuenta que no eres el único que fuiste abusado cuando eras niño, que no fuiste el único que ha perdido su trabajo, su casa, su carro, que no estás solo en la situación que te ha tocado enfrentar. No eres el primero que se divorcia, que decide expresar su orientación sexual, que decide cambiar de estilo de vida, que presenció un accidente, un desastre natural. Son muchos los sobrevivientes de las diversas situaciones de la vida.

Una de las realidades más difíciles de la vida a la que el ser humano se ha enfrentado a través del tiempo es la violencia doméstica y el abuso sexual. Es en estas situaciones en donde más se utiliza el término sobreviviente. Porque las personas que experimentan estas situaciones se involucran en un ciclo de vida del cual se les resulta difícil escapar, pero por cientos de miles de testimonios, conocemos que son muchos los sobrevivientes de ambas situaciones. Han sido personas cuyos victimarios son su propia sangre (de su familia); fueron sus padres, hermanos, abuelos y en otros casos amigos, vecinos, conocidos o simplemente un desconocido. Para ellos también les costó trabajo seguir, pero lo hicieron. Les costó mucho y sus vidas quedaron marcadas, pero esa situación no les impidió disfrutar su derecho de vivir, su derecho a nuevamente tomar el control de su vida. Claramente, muchas de las personas que pasan por esta situación no han tomado la misma decisión. Continúan en el mismo ciclo de violencia y abuso, por el miedo a qué va a pasar o cuál será el desenlace final de la historia. Lamentablemente en los diarios principales del mundo vemos el resultado de no convertirse en sobreviviente.

Por eso he ampliado y generalizado el concepto de *sobreviviente* en este libro. Porque aunque en general, todo aquel que pasa por una de estas dos situaciones las considera graves, en mi experiencia, como psicólogo clínico, y como un profesional de la salud responsable, considero que existe diversidad de situaciones como las que he intentado ejemplificar, en las que las personas que las experimentan y salen hacia adelante, también son sobrevivientes. Deseo aclarar que no le estoy restando importancia o significado a las dos temáticas antes discutidas, más bien las utilicé para ejemplificar lo que deseo presentar con este término. Las personas con este adjetivo son aquellos que ante la adversidad y las situaciones que los han hecho caer, siguen luchando con más fervor que antes. Una persona que es víctima de abuso sexual entiende el significado de la palabra sobreviviente. Conoce lo que implica pues en la situación que se encontró sentía impotencia, disgusto, dolor, confusión, desesperación, ira, miedo, entre otros. Quizás llegó a pensar en dejar de luchar, dejar de existir, no continuar viviendo. Pero otros deciden cambiar su vida, dejar de ser víctimas de sus situaciones y convertirse en sobrevivientes. Son personas que lograron escapar de una situación difícil y ahora viven para rendir testimonio y dar la verdad de cómo lograron salir de la misma. ¿Por qué no puedes hacer lo mismo? Puedes dejar de sufrir, dejar de tenerte lástima por lo que has sufrido y experimentado. Piensa que lo que te sucedió o te está sucediendo no tiene porque definir ni limitar tu vida. Sí, realmente puedes liberarte si así estás dispuesto a hacerlo. De esa forma te convertirás en un sobreviviente. Porque sobreviviste a tu crisis económica, a la muerte de tu ser querido, a la pérdida de tu hogar, al miedo a las alturas, a la depresión, a tu divorcio, a la pérdida de tu trabajo. Solo dilo de esta forma:

"Yo sobreviví a _____*."* Termina la frase, dilo para ti mismo o para ti misma. Dilo frente a un espejo.

Si aún no lo has podido lograr, puedes decir:

"Yo puedo ser sobreviviente de _____. *Lo voy a hacer desde hoy.*

Porque es mi derecho, porque yo me lo merezco, porque soy yo.

Demuéstrate respeto, amor y aceptación a ti mismo, no te desvalorices por lo que has vivido o vives todavía, esto que ha sido negativo en tu vida. Aprende con las herramientas que en este libro te presento, a transformar tu vida actual, a pasar de ser una víctima, a ser un sobreviviente.

Ejercicios:

1. Identifica la situación en la que podrías considerarte víctima o identifica aquella situación que te ata y no te deja avanzar, que te tiene atascado, que no te permite progresar. Ejemplo: divorcio, desempleo, enfermedad, muerte de un familiar, crisis económica, entre otros.

2. Escribe los sentimientos y emociones que experimentas ante la misma. Escribe cómo llegaste a esa situación. Identifica quienes están involucrados en ella, por qué sucedió, desde cuándo sucedió y cómo sucedió. Este paso es uno muy delicado por lo que se recomienda realizarlo en un lugar en donde tengas apoyo en caso de que las emociones que experimentes sean muy fuertes. Si has comenzado un proceso de psicoterapia, hazle mención a tu psicólogo sobre el proceso por el que estás pasando con este libro y él te ayudará. Ten en mente, que cuando recordamos situaciones que nos han provocado angustia y dolor, podemos revivir esas emociones si no hemos sanado o manejado adecuadamente la situación. Experimentarlas no es lo inadecuado, lo inadecuado se torna cuando las expresamos de una forma inapropiada y nos controlan. Por eso es muy importante tener apoyo profesional cuando se decide volver a revivir o evocar emociones que han sido muy dolorosas.

3. Una vez has identificado la situación, la has redactado y has identificado tus emociones y sentimientos, debes escribir una lista de las acciones que has realizado para solucionar, cambiar o superar esa situación.

4. Escribe *frases motivadoras* (Vea Apéndice A) que puedas leer diariamente en el transcurso de cada día o utiliza las que se te presentan en este libro. Por ejemplo:

"Yo soy sobreviviente".

"Yo sé que puedo superar esta situación".

"Ya el tiempo de sufrir terminó, es hora de ser feliz".

"La vida es un regalo, no importa los tropiezos que en ella tenga, porque ellos me hacen más fuerte".

"Cada día es una nueva oportunidad de crecer".

"La persona más importante en mi vida soy yo".

Capítulo VI:
Encuentra las soluciones

U no de los dilemas más grandes del ser humano es la toma de decisiones. Todos experimentamos en algún momento de nuestra vida, ante un problema o situación, la impotencia de no saber qué hacer. La duda de qué decisión tomar o cómo solucionar el mismo. Desde que se es un niño, la vida está basada en la toma de decisiones y la resolución de problemas que enfrentamos constantemente. Aunque durante la niñez, son menos las responsabilidades o los problemas que se enfrentan, ya que son los padres, las madres o los cuidadores los principales individuos que se encargan de la solución de los mismos. Aún así, en el desarrollo social, los niños se enfrentan a diferentes problemas y aunque pudieran quizás ser dilemas menores, como con quién jugar, qué decir o con quién hablar, sin embargo, aún siguen siendo problemas que debemos solucionar y afrontar.

Si has llegado a este punto del libro, te has examinado, has evaluado tu vida, y ya has tomado la decisión de ser sobreviviente, de salir de la situación en la que estás, ahora la pregunta es, ¿cómo lo haces? Si efectúas un resumen de lo que hasta el momento has podido desarrollar, aprender y aplicar en tu vida con este libro, ya sabes lo siguiente:

- ☐ Identificar cuál o cuáles pueden ser tus posibles lecciones de vida. Cuáles son las cosas que tienes que cambiar o modificar en tu vida.

- ☐ Has logrado identificar cuáles son las crisis que has superado y cuáles debes superar.

- ☐ Has logrado encontrar tus motivadores y tus grupos de apoyo.

- ☐ Has logrado reconocer que tienes un poder resiliente para salir y superar cualquier crisis.

- ☐ Has decidido y determinado ser un sobreviviente.

Ahora te corresponde aprender a desarrollar destrezas para cambiar o modificar tu situación de vida y ser un sobreviviente. Es tiempo de saber qué hacer para que aprendas a tomar buenas decisiones y poder solucionar tus problemas. Existen autores como Johnson (2003) que explican una forma adecuada de tomar decisiones. La toma de decisiones es una de las destrezas más importantes en la vida de un ser humano. Esta herramienta ayuda a tomar las decisiones necesarias y correctas para la solución de un problema o situación. De igual forma si se aprende a tomar buenas decisiones, se desarrolla un sentido adecuado de autoconfianza. Según este autor, los pasos que se deben seguir son los siguientes:

1. *Aislamiento del problema:* Debes identificar el problema, la situación que te preocupa, y observar el mismo desde diferentes perspectivas. A veces observamos solo la superficie

del problema y no vemos la magnitud del mismo ni su proporción. Debes entender y reconocer las controversias que rodean el problema, o sea el quién, cómo, cuándo y dónde del problema. Recuerda que es bien importante trabajar con un solo problema a la vez. El identificar varias situaciones no quiere decir que tengas que trabajar con todas al mismo tiempo. Realizar esto solo puede provocar niveles de ansiedad y estrés mayores a los que uno solo podría causar. Un ejemplo de este paso es cuando una persona está pasando por una crisis económica, tiene problemas de salud y su auto necesita cambio de aceite y filtro. Son varias situaciones que debe resolver. Si esta persona no aísla cada problema, se le hará más difícil trabajar con ellos. Podría seleccionar el que más urgencia y riesgo tenga para ella. En ese caso, debería atender su salud, luego su auto y finalmente trabajar con su crisis económica, realizando ajustes en sus gastos. Lo que quiero destacar es que se debe aislar cada problema, identificar la fuente del mismo y observarlo desde diferentes perspectivas.

2. *Decide tomar acción:* En esta etapa, luego de haber identificado el problema, su origen y lo has separado de los demás problemas, debes hacer un listado de qué cosas puedes hacer para comenzar a trabajar con el problema. Se le puede llamar una tormenta de ideas o *brain storming* en donde podrás explorar todas las posibilidades que tendrás para manejar la situación. Comienza anotando todas las posibilidades reales. Piensa en qué cosas has realizado en situaciones similares, qué no funcionó en las anteriores, cómo estas nuevas soluciones podrían funcionar. Más aún, en ocasiones debes evaluar

si la mejor opción es no hacer nada con la situación en ese momento. Esto no quiere decir que le estás dando la espalda a la situación, es que existen algunas en las que lo mejor es dar un tiempo antes de trabajar con ellas. Un ejemplo de esta etapa puede ser (siguiendo el ejemplo de la primera etapa) si ya seleccionó el cuidar de su salud, debe realizar una lista para ver que opciones tienes para manejar la situación: asistir a su médico de cabecera o preferencia, realizarse laboratorios, si ya conoce la condición, seguir con las recomendaciones previas de su médico, buscar segundas opiniones, entre otras. La persona busca todas las posibles alternativas reales que estén a su alcance. Es bien importante para tomar esto en consideración para evitar frustraciones futuras. Cuando menciono *alternativas reales* me refiero a alternativas que sean factibles y alcanzables para la persona. O sea que la persona sea capaz de realizarla y que no sea algo que no pueda desempeñar causándole frustración. Si por ejemplo la persona presenta problemas económicos, no puede incluir como alternativa el ir a viajar a otro país para realizarse estudios si económicamente no es factible porque no podrá implantar la medida y sentirá que no tiene una solución, y podría decidir no continuar intentando.

3. *Buscar recursos:* En este paso debes comenzar a analizar qué persona o personas pueden ser posibles asistentes o herramientas de ayuda para la solución de la situación. Quiénes pueden ayudarte a alcanzar las soluciones que previamente seleccionaste. Por ejemplo, *si un joven presenta un bajo aprovechamiento académico, tiene muchas ausencias y/o*

cortes de clase, historial de mala conducta y es candidato a fracaso a mitad del año escolar. El menor puede seleccionar recursos de ayuda como a los padres, las madres, y los maestros de las clases en las que tiene un bajo promedio, trabajador social y/o psicólogo, de esta forma tendrá un grupo de ayuda lo suficientemente diverso que le pueda asistir. Tanto el padre como la madre le ofrecerán la ayuda y colaboración para hablar con los maestros y trabajadores sociales. Además le brindarán el apoyo para lograr mantener los acuerdos con los maestros hasta subir su promedio y evitar el fracaso. Los maestros serán con quienes el menor se comprometerá a realizar acuerdos como hacer tareas extras, asignaciones especiales, mejorar su conducta y entrar al salón de clases. El psicólogo podría ayudar al menor enseñándole destrezas para el manejo del coraje, ansiedad, auto-control, disciplina, ayudarle a establecer una estructura y organización para su vida y sus asuntos, y obviamente establecer un plan de modificación de conducta que ayude a disminuir conductas no deseadas y promover aquellas adecuadas. El trabajador social sería el mediador entre las partes para monitorear el progreso del menor y que se cumplan los acuerdos. Claramente el realizar una lista de recursos, no quiere decir que todos participen, ya que no todos estarán disponibles, pero siempre se deben agotar todos los recursos posibles y verás que sí encontrarás ayuda.

4. *Desarrolla un plan:* Una vez has logrado identificar los recursos que tienes disponibles y has identificado las posibles alternativas que tienes para solucionar ese problema, es tiempo de establecer el cómo de la situación. De qué forma se va a solucionar. Es importante establecer un orden de qué es lo primero que vas a realizar, lo próximo y así sucesivamente.

De esta forma tendrás una idea más clara de lo que vas a efectuar y de cómo lo vas a hacer. Siempre debes visualizarte cumpliendo tu objetivo. ¿Para qué funciona esto? Pues de esa manera te visualizarás teniendo éxito, resolviendo tu situación y evitarás tener pensamientos negativos al respecto. Esto se explica en el próximo paso. Además, si lo que se planea no surge como se esperaba, no quiere decir que no se puede hacer nada más, puedes establecer nuevas alternativas y modificar tu plan. Recuerda que nadie mejor que tú para conocer lo que está dando resultado o no, porque es tu situación y la conoces muy bien. Un ejemplo de esto puede ser el siguiente: el caso del menor que tiene un bajo aprovechamiento académico, ya estableció quiénes son sus recursos y alternativas de qué es lo que puede hacer. Ahora debe seleccionar qué es lo que realizará primero.

a. Deberá decidir y determinar que debe poner de su parte, y que no debe perder su año escolar. Es importante que ésta sea su misión, su meta: debe establecerse a sí mismo cumplir con este propósito.

b. Debe hablar con su padre y madre sobre su intención de modificar su conducta y hábitos de estudio para lograr salvar su año. Explicarle lo mucho que significa para él y cómo ellos podrían ayudarlo.

c. Explicarle sus alternativas, sus ideas y quiénes pueden ayudarle.

d. Asistir a un psicólogo, para que le ayude a establecer prioridades, darle estructura a su vida, modificar su conducta y disciplina.

e. Reunirse con el trabajador social de su escuela y comunicarle su preocupación.

f. Coordinar una reunión con sus maestros en cuyas clases está teniendo problemas y comunicarles su interés por mejorar y prosperar.

g. Realizar todas las tareas y trabajos especiales que se le propongan así como la mejora en su conducta.

5. *Visualiza el plan de acción:* Ya que se ha establecido el plan de acción, como se explicó anteriormente, debes visualizarlo. Crear una visión de cómo se llevará a cabo y tu participación activa en el mismo. También visualizarás a aquellos posibles recursos que habías establecido participando de tu plan de acción y de esa manera logrando tu objetivo de alcanzar tu meta y solución del problema. Debes siempre observar las dos perspectivas, si lo logras y si no se puede cumplir como lo estableciste. De esa forma podrás tener otro plan alterno y estarás preparado para manejar la situación de una forma más adecuada y evitar la frustración. Por el contrario, si no te preparas para una resolución diferente a la que esperas, se te hará más difícil manejar el resultado y puede que no desees hacer nada más por la situación. Ahora que sabes esto, podrás manejar la misma más fácil y exitosamente. No puedes utilizar la excusa: *"Lo intenté y no me funcionó, por eso es que no puedo solucionar el mismo"*. Sabes que no siempre ocurre como se espera, pero existen otras alternativas y/u otras personas que podrían ser tu grupo de apoyo y recursos en la solución del problema. No es justificación haber intentado y porque no dio el resultado que esperabas, darse por vencido y no intentarlo

más. Recuerda que es tu vida y debes hacerlo por ti, porque te lo mereces.

6. *Toma acción:* Finalmente, es el último paso para lograr solucionar el problema y saber qué decisión tomar. Este paso es simplemente la aplicación de ese plan que ya has elaborado, la inclusión de las alternativas, de los recursos y del plan de acción puestos en marcha. Es la decisión final de tomar acción, pero a diferencia de otras ocasiones en donde decidiste hacer algo al respecto, es que en esta ocasión diseñaste un plan adecuado y dirigido a la solución de esa situación. Tienes una idea clara de qué, cómo, cuándo y dónde vas a comenzar a trabajar con la situación. De igual forma, y como ya se había discutido anteriormente, puede que la decisión sea no tomar acción en ese momento, ya que el problema no puede solucionarse en ese instante en particular. Recuerda que esto no quiere decir que no lo vas a solucionar, esto implica que al momento no vas a trabajarlo, pero cuando sea el tiempo indicado lo harás. Sea cual sea la decisión que tomaste, ten la seguridad que si seguiste los pasos aquí explicados, estarás tomando una buena decisión y podrás solucionar los problemas que tengas.

Por otra parte, como psicólogo debo hablar de aquellos que no toman decisiones por dos factores: 1) porque son inseguros y no se atreven a tomar o asumir riesgos; o 2) porque les aterra y da miedo tomar decisiones. Ambas condiciones pueden estar unidas o presentarse por separadas, dependiendo del tipo de aprendizaje y experiencias que se hayan vivido. Algunas personas, sus padres y madres le resuelven todos sus problemas o, sus parejas toman todas las decisiones y se tornan seres inestables e inseguros si tienen que tomar una decisión por ellos mismos. Como dirían algunos adolescentes: "se vuelven un ocho" a la hora de tomar decisiones. Esto, debido a que no han desarrollado ni la facultad ni la habilidad para tomar decisiones ni tampoco la disposición y el valor para hacerlo. Su vida codependiente ha girado en esperar o depender de lo que otros hagan por ellos. No asumen riesgos y dejan que otros asuman los controles de su vida. De esa forma, es muy fácil dejar que otros asuman el control de nuestra vida y tomen decisiones por nosotros, pero esto no es lo más saludable ni adecuado para tu vida. Nunca serás totalmente feliz y no serás una persona totalmente realizada, si no tomas postura, asumes riesgos, tomas decisiones: en fin asumes el control de tu vida. Por otro lado, muchas otras personas han tomado decisiones no muy acertadas y sus consecuencias resultaron ser nefastas, por lo que por modelaje o refuerzo desarrollaron un terror a tomar decisiones, ya que las asocian a consecuencias negativas. Debo decirte que la vida no es perfecta, que todos cometemos errores, lo importante es enmendarlos y continuar nuestro camino: cumplir nuestro propósito de vida. El miedo a tomar decisiones permanecerá y no se moverá de ti hasta que comiences por dar un paso hacia al frente y tomes una decisión. Para ello recomiendo que sea una decisión sencilla; una que no requiera mucho análisis y cuyo nivel de responsabilidad sea mínima. Una vez des el primer paso, comenzarás a superar el miedo a hacer las cosas. Podrás ver cómo mientras más practiques a tomar decisiones, más se alejará de tu vida ese terror por hacerlo. Aún si eres una persona insegura y que no asume riesgos, una con miedo a tomar decisiones, debes fomentar el tomar decisiones, el moverte de la postura de **no hacer nada** a **hacer algo: toma una decisión**, aunque pequeña, **hazlo, tu vida cambiará**.

El tomar decisiones, el saber qué hacer, cómo, cuándo y dónde es una tarea ardua y difícil, pero no imposible. Con cada decisión que se toma en la vida estás estableciendo un nuevo escalón en las escalinatas hacia el futuro. Estas construyendo en el presente ese futuro que tú mismo vas a disfrutar, porque es tu vida. En mi transición de adolescente a adulto-joven pude identificar que existían a mi lado personas a las que estimaba mucho y las consideraba excelentes personas, mientras que mi madre y otras personas no coincidían con mí pensar. Luego que había experimentado varias de las lecciones en mi vida, era tiempo de tomar la decisión con respecto a esas personas que aunque las consideraba buenas, entendía que no eran necesariamente una ayuda para mí. Tenía que tomar la decisión de romper con mi rutina y combatir mis emociones de afección hacia esas personas. Sentía inseguridad, miedo por lo que me esperaba, pensaba que me quedaría solo. Pero aún así decidí distanciarme, pensé en cómo esto me beneficiaría y no permití que el miedo se apoderara de mí. Comencé a distanciarme poco a poco y a establecer otras prioridades, demostrando con el tiempo que mi decisión era la correcta. Descubrí que mi madre tenía razón, pero que al estar dentro de la situación no podía ver lo que ella sí veía. Al separar las situaciones y trabajar con un problema a la vez, me di cuenta que estas personas no siempre me habían ayudado, sino lo contrario, habían contribuido en muchas de mis situaciones negativas y se habían negado a ayudarme.

Si enfrentas un problema a la vez, lograrás discernir con claridad qué debes hacer primero y por qué lo debes hacer así. Podrás ver la fuente y la raíz que alimenta ese problema y cómo trabajar con ella para eliminar el mismo. ¿Por qué? Porque estás dedicándole el tiempo necesario para observar desde diferentes perspectivas esa situación que te afecta y estás haciendo algo para cambiarla y no estás dejándola pasar por alto. La mayoría de las situaciones de vida que se enfrentan y que se aglomeran entre ellas mismas es porque en la mayoría de los casos, no se enfrentan al momento en que se debía enfrentar. Por ejemplo:

La joven Minerva mantiene una relación con su pareja David desde hace un año. Durante la misma, han experimentado sus altas y bajas como toda pareja, pero no han ocurrido situaciones de gravedad que requieran una separación. La semana pasada, durante una discusión, ambos se alteraron y comenzaron a gritarse el uno al otro hasta el punto que David la agredió físicamente en varias ocasiones hasta dejarla tirada en el suelo. Él, rápidamente la recogió del suelo y le pidió mil disculpas mientras lloraba desconsoladamente. La joven Minerva, atónita por lo ocurrido, recordó mientras intentaba ponerse de pie, una conversación que había tenido con su mejor amiga hace más de un año y por la cual ambas habían terminado su amistad de casi diez años. Esta conversación le hacía sentido en ese momento en que ocurrió ese incidente ya que explicaba lo que Minerva experimentó en ese momento. Su amiga le comentó que ella conocía a la ex-pareja de su actual novio David, la cual le contó por todo el maltrato físico por el cual ella había vivido en su relación con él. Para ese tiempo la joven Minerva se molestó muchísimo y no le hizo caso a las advertencias de su amiga e igual pasó por alto todas las actitudes y amenazas que David le había hecho en momentos anteriores pensando que solo era coraje.

Minerva, dejó pasar por alto el momento de tomar una buena decisión de estar con David, ayudarle a buscar ayuda o simplemente no comenzar la relación con él. Minerva no quiso enfrentar su realidad, no quiso trabajar su problema, porque quizás pensó que no era un problema o que no le tocaba a ella enfrentarlo. Ahora tenía que enfrentar más de una situación. No solo era la circunstancia de qué hacer con su relación, sino qué hacer con sus padres al verla herida, en su trabajo, el notificar a las autoridades, la situación con su amiga que tenía la razón y cómo manejar todas las emociones que estaba experimentando. Si Minerva, al enterarse de la información, y al corroborar la misma, se daba cuenta de lo que le podría pasar, en ese momento decidía no entablar una relación de pareja con David. De esta forma no experimentaría lo que le ocurrió y no tendría que enfrentarse después con todas esas situaciones al mismo tiempo. Al igual que en este ejemplo hipotético, son muchas las personas que dejan pasar por alto el momento de tomar la decisión y de solucionar el problema, provocando que se vayan acumulando los mismos hasta que tenga que enfrentarse a varios a la vez y la situación se complique aún más. Existirán situaciones que ameriten no trabajar con ellas en el momento, pero no es lo mismo que dejar la oportunidad de enfrentarlo, ya sea porque no se está dispuesto, por temor a que pasará o al qué dirán. Un ejemplo sencillo puede ser que estés molesto por una situación con otra persona y tu coraje es tanto que decides no discutir la situación en ese momento porque entiendes que podrías ofender a la otra persona. Eso sería una excelente decisión. Tienes una justificación lógica por la cual no vas a trabajar la situación en ese momento. Si discutieras con esa persona en ese momento, quizás podrías decir y hacer cosas de las cuales te arrepentirías más tarde o podrías empeorar la situación. Pero por el contrario, si decides no enfrentar a la persona pensando: *"Si no le digo nada ahora, quizás se le olvida y actuamos como si nada."* o piensas *"Nada, espero que se me pase y actúo como que no me importa para que vea que no me afecta"*. Estas aseveraciones solo sugieren que la persona intenta ocultar los sentimientos y emociones hacia la otra persona o simplemente no le interesa solucionar la situación, lo que podría traerle otras consecuencias más adelante. Si generalizas esta forma de actuar a más de una situación en tu vida, sabes que estarás posponiendo varias situaciones y las consecuencias serán mayores, ya que pospondrás varios problemas que eventualmente deberás enfrentar para evitar consecuencias más agravantes.

Ser un sobreviviente te dará el poder de tomar control de tu vida, de aprender de los conflictos y tropiezos de la misma, y te enseñará la ventaja de aprender a tomar buenas decisiones y solucionar los problemas de una forma adecuada. De igual forma te transformarás en una persona sabia y con experiencia, que te ayudará a evitar cometer los mismos errores y ayudar a otros que estén experimentando lo mismo. Es por esto que el aprender a tomar buenas decisiones y saber cuándo actuar y solucionar tus problemas, te llevará a convertirte en un sobreviviente de esa situación en particular. No necesariamente me refiero a que eres sobreviviente porque tu vida corre peligro. Como anteriormente expliqué, utilizo este término de una forma más amplia, porque cada uno de nosotros le damos la importancia y el significado a cada una de nuestras situaciones que para otros quizás no les darían el mismo. Porque cada ser humano es diferente, pero quizás para ti, el haber superado esa situación o terminado con ese problema significará un nuevo comienzo, una nueva esperanza, por lo que te convertirás en un sobreviviente.

Ejercicios:

1. Piensa en las situaciones o problemas que te preocupan en este momento, o por la cual decidiste adquirir este libro.

2. Ahora, trata de aislar uno de estos problemas con el que realmente deseas trabajar. Recuerda pensar en el orden de prioridad e importancia para ti.

3. Utiliza la tabla del Apéndice B para que comiences a practicar la toma de decisiones. Léela detenidamente y déjate llevar por las preguntas en cada una de sus partes para que las puedas completar en su totalidad. Puedes sacarle copia para tu uso personal y para ayudarte a visualizar la solución de otros problemas.

4. Completa la tabla según los pasos aquí explicados de la teoría de Johnson (2003), basado en ese problema en particular.

5. Luego que hayas realizado el plan en su totalidad, ponlo en acción, y anota los resultados del mismo en la libreta que escogiste al momento de trabajar con este libro. Intenta la cantidad de planes que desees hasta que puedas encontrarle la solución a ese problema. Recuerda que puede que alguno de ellos no puedas trabajarlos en el momento, por lo que debes hacerlo así y seguir con aquel que puedas trabajar.

6. Si entiendes que tus situaciones exceden tu capacidad de auto control o que son situaciones que te afectan grandemente, recuerda mi sugerencia de comenzar un proceso de psicoterapia con un psicólogo para que te ayude a perfeccionar estas y otras estrategias que te ayudarán en el proceso que decidiste emprender cuando adquiriste este libro.

Capítulo VII:
Marcando la diferencia

D urante el transcurso de este libro, has logrado reconocer diferentes aspectos de ti mismo y de tu vida que quizás jamás habías considerado ni descubierto. Has entendido los mensajes que se te presentan en la vida, a los que les llamo *lecciones de vida;* has identificado en qué etapa de vida te encuentras y qué crisis estas pasando o tienes que superar; has logrado identificar tu motivación o motivadores, tu grupo de apoyo, tu fuerza o poder para salir de las situaciones difíciles y continuar (resiliencia); has tomado la decisión de ser un sobreviviente y dejar de ser víctima de las circunstancias de tu vida. Sí, me refiero a tomar las riendas de tu vida y *marcar la diferencia.*

El ser humano es un ser gregario por naturaleza, un ser que necesita de las relaciones con otros, al igual que de interacciones con grupos de diferentes estratos sociales de los cuales forma parte y se desempeña. Estos pueden ser familia, amistades, compañeros de trabajo, deportes, religión, entidades benéficas, entre otros. Crea lazos y vínculos estrechos con personas que pueden resultar ser muy importantes y significativas a lo largo de su vida estableciendo lazos tales como noviazgos, matrimonios, mejores amigos, socios, colegas, entre otros. De ahí en adelante el mantenimiento de los lazos y uniones dependerán del desempeño de cada uno y el manejo de las diferentes situaciones que puedan surgir en su vida. Sin embargo, son muchas las personas que ante el significado que le dan a esas relaciones, pueden involucrarse en las mismas a tal punto que pierden su propia identidad para acoplarse a las demás personas y ser aceptados en los diferentes estratos sociales. Con esto me refiero a que muchas personas, ya sea por la necesidad de ser aceptados, de pertenecer, de agradar a otros, de identificarse con otros, de afiliarse a otros creando un grupo social en el cual puedan sentirse cómodos y aceptados, por temor a estar solos o miedo al rechazo, realizan acciones que realmente no los definen a ellos mismos para poder agradar o complacer a los demás y así formar parte del grupo. Llegan a convertirse en simples espejos o réplicas de otras personas porque entienden que de esta manera podrán ser admitidos en esos grupos a los que desean pertenecer y así no sentirse solos o rechazados. Analiza el siguiente ejemplo:

Daphne y Susana son amigas desde la escuela intermedia. Aunque comparten la mayoría del tiempo juntas, es muy fácil distinguir a ambas. Daphne es una joven muy animada, dinámica y atrevida. Le agradan los retos y se le considera una líder desde muy niña en las diferentes escuelas a las que ha asistido. Sin embargo a nivel académico, Daphne ha presentado dificultad en algunas clases ya que no domina la materia, y según la maestra, dedica más tiempo a hablar con sus amistades en el salón, que a prestar atención en la clase. Por otro lado, Susana es una joven bastante reservada, le agrada mucho compartir con otras personas, pero solo lo hace si éstas la buscan o establecen alguna conversación con ella. Se considera a sí misma como una joven tímida y humilde, que le gusta mucho la música y leer. En los estudios, Susana es considerada una de las mejores estudiantes de la escuela y ha recibido varias premiaciones por escritos que ha realizado. Ambas se conocieron en una clase en donde fueron colocadas en un mismo grupo y en donde Susana ayudó a Daphne a realizar el trabajo asignado. Desde entonces ambas se dieron la oportunidad de ser amigas hasta el presente. La madre de Susana no está de acuerdo con la amistad de ambas, aunque dice respetar la decisión de Susana ya que "no es ninguna niña", pero le preocupa grandemente los cambios que la misma ha dado desde que son amigas. Ahora Susana viste más provocativa, consume bebidas alcohólicas y ha tenido varios novios. Sus notas no son las mejores y ha mentido en varias ocasiones para poderse escapar a lugares que su madre no está de acuerdo que asista. Cuando ambas comenzaron la universidad, empezaron a distanciarse ya que las profesiones que escogieron eran diferentes y el tiempo para compartir era mínimo. Daphne conocía sus limitaciones como estudiante, así que puso de su parte para no fracasar en sus estudios aunque no dejaba de disfrutar y compartir con sus nuevas amistades y su novio. Sin embargo, Susana entendía que debía ser como Daphne, para que personas como ella la consideraran una buena amiga y no la rechazaran por ser muy inteligente y dedicada a los estudios. Llegó a fracasar en varios cursos en la universidad y llegó a tener problemas con un novio por el que tuvo que solicitar una orden de protección. Se atrasó mucho en sus estudios y perdió muchas amistades significativas de su juventud por esas actitudes y cambios en su forma de ser. Un día frente al espejo, Susana se pregunta: "¿qué me pasó?".

La respuesta a la pregunta de Susana es sencilla. Según este caso, Susana entendía que para ser aceptada y poder pertenecer a un grupo social de gente que le gusta salir, disfrutar y pasarla bien, debía aparentar ser otra persona. En este ejemplo, Susana no reconoce sus valores, los atributos que la hacen ser única, que la hacen diferente de los demás. Daphne, por otro lado, sí conoce sus cualidades y sus limitaciones, por lo que sabía hasta donde podía llegar y cómo lo podía hacer. Sabía que a nivel de inteligencia, necesitaba esforzarse un poco más, pero a nivel social se sentía cómoda consigo misma, así que se expresaba siendo ella misma. Cuando Susana observó la seguridad de Daphne, entendió que tenía que ser como ella para lograr ser aceptada. Pero la realidad era que debía aprender a ser más segura de sí misma y no vivir un ritmo de vida el cual no le resultó beneficioso. Las consecuencias de su decisión fueron el perder varios años de estudio, problemas con sus padres, la selección de una relación que le causó más problemas y finalmente el aislamiento, ya que muchas de sus amistades se alejaron. No pretendo señalar que el estilo de Daphne es negativo, o que el estilo de Susana es negativo. Cada persona tiene su estilo y su forma de ser, pero tú debes saber cómo hacer las cosas, reconocer tus límites y tus cualidades, las cosas que te hacen diferente de los demás. Daphne, a pesar de que su estilo de vida no era tan dedicado como el de Susana, conocía sus límites y también reconocía lo que era capaz de lograr. Conocía bien sus habilidades y talentos.

Son muchas las personas que no valoran las cualidades que poseen o no expresan lo que realmente desean. Dejan que otras personas dictaminen lo que les corresponde en su vida, y no son ellos mismos los que deciden lo que ellos prefieren para esta. Sumado a esto, se vuelven seres rutinarios y dirigidos a los mismos fines de su grupo y de aquellos que consideran que son los que tienen la razón o los que son aceptados. Dejan de ser personas únicas, personas que tienen un talento, un don, una cualidad que los hace totalmente diferente a los demás. Inclusive puede ser que nunca tengan la capacidad de reconocer cuál es esa cualidad que poseen porque siempre han dedicado su tiempo a admirar y valorar lo que los demás tienen y permanecen bajo la sombra de los demás sin poder brillar con luz propia. Seguramente Susana sería una joven exitosa, quizás una gran profesional y con unas redes sociales amplias y reconocidas. Tendría luz propia y no necesitaría de Daphne para ser reconocida y aceptada. Decidió no hacer la diferencia, decidió ser una más del grupo social de su amiga, y no se atrevió a dar un paso hacia adelante y buscar nuevas alternativas, conocerse a sí misma y permitirle a los demás conocerla.

Es tanto el miedo a lo desconocido, al rechazo, a la soledad, que aunque se esté en contra de X o Y situación se decide no hablar de la misma y dejarla pasar para no sentirse fuera de grupo, rechazado y solo. Dejando de ser un ser único para convertirse en uno más del grupo.

¿Qué es lo que podría pasar si marcas la diferencia? ¿Qué pasaría si en vez de decir *Si* a todo lo que esa persona te dice (pareja, jefe, padres, maestros, amigos, entre otros) decides decir *No* porque no estás de acuerdo? ¿Qué pasaría si hoy no quieres hacer lo que siempre has hecho porque los demás lo esperan de ti? ¿Qué pasaría si dejas de ser uno más del grupo y comienzas a tener voz y voto? ¿Qué pasaría si comienzas a hacer cosas por los demás que realmente las necesitan sin cuestionar? ¿Qué pasaría si te vuelves único? Piensa por un momento, analiza cada una de las preguntas formuladas. En quién te convertirías si eres capaz de contestar cada una de las preguntas. ¿Crees que dejarías de ser tu mismo? ¿Crees que no te aceptarían? Yo me atrevería a diferir de ti si tu respuesta es que no te aceptarían. De igual forma puedo establecer que sí tengo la respuesta para cada una de las preguntas que acabo de formularte. Debes recordar que cada uno de los seres humanos se debe aceptar con sus defectos y virtudes, porque los seres humanos no somos perfectos. Por tanto, el que no esté dispuesto a aceptarte porque no sigues sus ideales, no sigues sus órdenes sin cuestionar o no está de acuerdo que ayudes a otros que necesitan es porque esa persona no tiene la capacidad ni madurez necesaria para conocer otros puntos de vista ni otras opiniones. Entonces, solo depende ti si realmente esa persona es conveniente para ti o si debes reevaluar la relación con ella y realizar modificaciones a la misma. Debes tener claro que con esto no me refiero a que debes terminar con todas esas relaciones, me refiero a que debes realizar cambios y especificar los límites y fronteras de la relación. De esta forma lograrás la respuesta a cada una de las preguntas anteriormente presentadas, te convertirás en una persona *asertiva*.

Según el autor Paterson (2000), la asertividad es un estilo de comunicación con el cual la persona es capaz de expresar sus puntos de vistas, sus ideales, sin preocupación y sin dejarse influenciar por los deseos o peticiones de los demás. Si entiende que no desea hacer algo, simplemente dice que no. Es aquella persona que sabe decir que no cuando debe decirlo, y de una manera que no ofenda a los demás. Es una persona dispuesta a hacer valer sus ideales, valores y puntos de vista. Esta persona es capaz de marcar la diferencia porque no depende de nada ni de nadie para establecer lo que quiere o no quiere. Es aquella persona que puede escuchar los puntos de vistas e ideales de los demás y respetarlos, pero aún así no estar de acuerdo con ellos. No deja de hacer sentir su pensar por no ofender o quedar mal con nadie. Por no ser aceptado o quedarse solo. Simplemente es él mismo y siempre toma en consideración lo que quiere y desea sin hacerle daño a nadie. El ser asertivo es el primero de cuatro métodos de comunicación que según este autor todos utilizamos y nos identificamos. Los próximos tres métodos de comunicación los presento a continuación:

1. *Estilo pasivo:* En este tipo de comunicación, la persona tiende a quedarse callada. No verbaliza lo que siente, necesita o desea. Tiende a disculparse cuando se expresa y nunca expresa estar en desacuerdo con los demás. Este tipo de persona puede ser aquella que en su trabajo acepta todas las responsabilidades que se le asignen, aunque tenga conocimiento que no podrá con todas. Puede ser aquella persona que en su hogar tiene muchos asuntos o problemas con su esposo, esposa y/o hijos, pero nunca se queja ni dice nada al respecto, siempre asume la responsabilidad de los problemas e intenta solucionarlos porque la necesidad de otros son más importantes que las suyas. Puede ser una persona que le tenga miedo al rechazo, se frustre con frecuencia, le de coraje, pero no lo manifieste.

2. *Estilo Agresivo:* Es el tipo de comunicación en donde la persona expresa lo que quiere y desea. No considera la opinión ni los puntos de vista de los demás ya que los considera absurdos o no justificables. Puede insultar, ofender y desvalorizar las necesidades, deseos y opiniones de los demás. Es una persona imponente que puede gritar e intimidar para lograr lo que desea sin importar los demás. Puede pensar que los demás no tienen los mismos derechos que él y siempre desea ganar para tener el control sobre los demás. Disfruta tener el control y ser siempre quien domina en todos los aspectos de su vida y de los que lo rodean. Esta persona puede ser aquella que siempre quiere tener la razón en una discusión, quien no puede entender el punto de vista que se le trata de explicar,

quien se altera, comienza a gritar y su mirada es amenazante e intimidante.

3. *Estilo Pasivo/Agresivo:* Es el método de comunicación que combina aspectos del pasivo y el agresivo. La persona con este tipo de comunicación siempre intenta hacer las cosas a su manera, pero sin tomar responsabilidad de las mismas. Es como si no tomara responsabilidad de sus acciones. Usualmente falla en cumplir con las expectativas de los demás de una forma sutil y sin que se le pueda demostrar que lo hace intencionalmente. Ejemplo de esto puede ser una persona que olvida lo que se le ha pedido o una persona que se retrasa en llegar, entre otros. Es aquella persona que hace un compromiso con los demás, pero aún así queda mal porque solo desea cumplir las cosas a su manera. La forma de demostrar desaprobación o desacuerdo con algo es fallando a las expectativas de otros, pero niega el estar molesto o en desacuerdo. Puede tener miedo a ser rechazado si fuese más asertivo, pero sin embargo resiente las demandas y exigencias de otros. Teme ser confrontado por lo que no acepta su desaprobación y niega que sus faltas sean intencionales.

Cada uno de estos estilos de comunicación son métodos inadecuados ya que no expresan de una forma apropiada lo que sentimos, pensamos y/o nos preocupa. Son métodos en los que las personas se expresan de una forma no adecuada (agresivo), no se expresan (pasivo) o simplemente se ocultan mientras se alcanza lo que se desea sin expresarlo abiertamente (pasivo/agresivo). Como expliqué anteriormente el ser asertivo provee las herramientas necesarias para lograr expresarse de una manera adecuada sin ofender ni herir a nadie.

Es por eso que uno de los métodos de comunicación más adecuados para lograr marcar la diferencia es ser una persona asertiva. Para que tengas una idea más clara de lo que significa cada uno de los estilos de comunicación, lee el siguiente ejemplo:

Anabel es una joven muy trabajadora, es considerada por su jefe como una de las más serviciales y prominentes en su posición. Muchos de sus compañeros, por otro lado, consideran que Anabel nunca dice que no a las exigencias de su jefe y siempre dedica demasiado tiempo al trabajo. Sus hijos y su esposo Ricardo, también están de acuerdo. Entienden que siempre cumple tiempo extra en su trabajo, aunque aceptan que siempre les ayuda e intenta cumplir con las necesidades de cada uno. Sin embargo, en ocasiones Anabel no está de acuerdo con las exigencias que se le asignan, pero no dice nada, simplemente falla en alguna de sus tareas, aún indicando que las cumplirá. Al preguntársele porqué no cumplió, simplemente indica que se le había olvidado.

Su jefe, por otro lado, es muy diferente a Anabel. Es una persona muy exigente y demandante en el trabajo y en su vida social. Cuando algo no sale como él lo esperaba, se llena de ira y generalmente discute, insulta y hasta en ocasiones ha llegado a agredir físicamente a alguna de sus amistades en actividades sociales. Su esposa, por otro lado, es una mujer muy sencilla, humilde y nunca intenta estar en desacuerdo con él. Siempre acepta lo que él establezca y cumple con todas las responsabilidades que ella entiende que le corresponden, aunque sienta que son demasiadas.

Al leer estos ejemplos, puedes identificar que el caso de Anabel representa el estilo de comunicación pasivo/agresivo. Aunque no expresa su incomodidad o desacuerdo con las cosas, usualmente falla en sus tareas en las que indirectamente expresa su coraje. El segundo ejemplo, el jefe de Anabel, representa el método de comunicación agresivo. Éste se manifiesta a través de gritos, insultos, y hasta agresión física. Por último, el caso de la esposa del jefe representa el método de comunicación pasivo. La persona no presenta su opinión o punto de vista, no presenta desacuerdo ni oposición. Simplemente guarda silencio y acepta lo que se le indica. Ahora tienes una idea más clara de estos métodos de comunicación inadecuados y el porqué es importante transformarte en una persona asertiva.

Otra cualidad importante que debes destacar para marcar la diferencia, además de ser asertivo, es el de aprender a ayudar a los demás. Claramente esta cualidad de altruismo (ayudar sin esperar o pedir nada a cambio), suena más fácil en palabras que en acciones. Ayudar a los demás implica realizar cualquier gesto que sugiera asistir y ayudar a una persona que necesita. Es el vivo ejercicio de la palabra *servir:* derivado directo indicativo de servicio a otros. Muchos de ustedes pensarán: *"Ya tengo suficientes problemas como para ponerme a ayudar a otros a resolver sus problemas"*. Entiendo perfectamente a lo que te refieres, pero ponte a pensar la última vez que ayudaste a alguien. Quizás le prestaste una herramienta a tu vecino, le compraste un dulce a algún niño que fue a la puerta de tu casa vendiéndolos, permitiste pasar a una persona en la calle, accediste que una señora mayor se colocara al frente tuyo en una fila, entre otros. Piensa en cómo te sentiste cuando lo hiciste. Piensa en tus emociones, cuando esa persona te agradeció el gesto, cuando terminaste tu obra. Acaso no sentiste una sensación de alivio, de satisfacción, de paz. Probablemente ayudaste a alguien y ese alguien no tuvo la gentileza de agradecerte la gestión, pero enfocarte en esa situación solamente le hace restarle sentido a la vida, sentido real a lo que quiero que entiendas. Enfócate en aquellos que sí te agradecieron, en aquellos en que pudiste ver cómo se les dibujaba una sonrisa en sus labios al ver tu intención de ayuda. Recuerda cómo te sentiste cuando ayudaste a alguien en la calle, ayudaste a alcanzar un artículo a una persona que no llegaba hasta la altura de poderlo alcanzar. Piensa en tu trabajo, si estás trabajando, cómo ayudas a tus compañeros, a quiénes les das servicio. Si no trabajas, piensa en aquellos momentos que diariamente te topas con otras personas y le has dado la mano sin pensarlo dos veces, sin pensar *"que voy a recibir a cambio"*, solamente nació de ti el ayudar. Eso es marcar la diferencia. Quizás muchas personas pasaron por el lado de ese individuo que necesitaba y nadie hizo un gesto de ayuda, todos siguen un mismo patrón, ignoraron la situación. Sin embargo tú marcaste la diferencia. Tú demostraste que no todas las personas son iguales.

Recién me había mudado al nuevo apartamento, cuando saliendo del mismo, se me cruzó una señora frente al auto. Era una señora gruesa, su ropa era sencilla, como de estar en su hogar, y tenía una de sus manos cubierta con un paño blanco, bañado en sangre. Al detenerme abruptamente por la aparición de esta figura frente a mi auto, bajé inmediatamente el cristal derecho y le pregunte:

—Está usted bien señora —mientras le preguntaba, la misma se acercó de prisa hacia la ventanilla del auto.

—Por favor ayúdeme —grito de inmediato. Pude observar en su rostro una expresión de angustia y dolor. Las lágrimas se perdían en aquel rostro mientras trataba de respirar y hablar de lo sucedido.

—Dígame cómo la puedo ayudar —le pregunté, mientras intentaba adivinar lo que me quería decir, entre su acelerado respirar, y sus temblorosas y ensangrentadas manos.

—Por favor, lléveme al cuartel de la policía, por favor se lo suplico —seguía rogando, mientras un escalofrío comenzó a recorrer todo mi cuerpo. De inmediato me preocupé porque pensé que su vida estaba en peligro. Aún la señora no decía porqué tenía la mano derecha herida y cómo había ocurrido. Aparentemente, no tenía ninguna otra herida visible, así que nuevamente insistí en la pregunta antes que se montara en el auto.

—Está usted bien, ¿qué le ocurrió a su mano? —pregunté.

—Mi hijo joven, mi hijo trató de cortar a mi otro hijo, y yo me metí; pero ayúdeme que tengo que llegar al cuartel —insistía cada vez más desesperada—. Sin pensarlo mucho, le indiqué que subiera al auto.

—Suba señora. ¿Nadie más está con usted? —le pregunté, mientras le abría la puerta del auto desde el interior del mismo.

—Gracias, joven, gracias —decía, mientras un poco de esperanza se exaltaba en sus ojos.

—Tranquila, señora. ¿Cuál es su nombre? Cuénteme lo que le ocurrió —le pregunté tratando que se controlara y me pudiera explicar lo que realmente había ocurrido.

—Soy María. Mis hijos no son malos, se lo juro. Ellos pelean to' el tiempo. Yo vivo con uno de ellos, aquí en este edificio. Pero el otro vive con su mujer. El más pequeño, que vive conmigo, siempre me defiende. Me quiere mucho. Pero entre ellos siempre hay problemas, siempre pelean, no sé que más hacer. Me estoy volviendo loca. Cuando Juan llegó a la casa, comenzó a reclamarle a Paco el por qué siempre está en casa y no hace na'. Yo traté de meterme, y entre la pelea y el "jamaquión" uno de ellos me cortó con el cuchillo que tenía y que pa' matar al otro. ¿Se imagina? Yo traté de quitárselo y ahí fue que me dio el tajo —la escuchaba atentamente, mientras me dirigía al cuartel más cercano.

—Pero, ¿y ellos, están bien?

—Pues se los llevaron pa'l cuartel que está aquí al lado, porque un vecino llamó a la policía y yo quiero ir pa'llá pa' que no los metan presos. Son mis hijos, sin vergüenza y to', pero son mis hijos. ¿Me entiende? —asentí con la cabeza, mientras me percaté que estábamos llegando al cuartel.

—Pero, ¿y su mano? Tiene que ir a un hospital para que le den atención médica —le indiqué, mientras dirigí mi vista a su mano derecha.

—No te preocupes mijo, que en tanto hable en el cuartel yo resuelvo. Mi hermana quedó en llegar más tarde. Le pido que se quede conmigo por favor hasta que llegue ella. No me quiero quedar sola.

—Lo haré, pero para asegurarme que ella la va a llevar al hospital más cercano —le indiqué.

—Gracias, es *usté* un santo —me decía, mientras podía ver en su semblante un poco más de tranquilidad y calma.

—Ya llegamos —le dije.

Inmediatamente, la señora salió del auto y comenzó su caminata hasta el interior del cuartel. La policía asistió a la señora al momento, y mientras le ofrecía ayuda para curar su herida, María les dio la versión de los hechos. Esperé media hora para que su hermana llegara. Nunca llegué a ver a sus hijos, pero sí sabía que la historia era real, porque los policías continuaron con ella y la llevaron a verlos. Cuando llegó el momento de marcharme, ella se encontraba sentada en la sala de espera, a unas sillas de distancia de donde yo estaba. Me levanté y me dirigí hacia ella. Cuando se percató que me acercaba, limpió sus ojos con el pedazo de servilleta que tenía en su mano izquierda, y se levantó. No pude decirle nada, ella solamente se abalanzó hacia mí y me abrazó diciendo:

—Dios me lo bendiga mijo. Si no fuera por ti, no hubiese llegado aquí a ver a mis hijos. Llevaba más de media hora parada frente al edificio y nadie de los vecinos que conozco hace tiempo me quiso llevar, y tú que ni me conoces, lo hiciste, gracias—. Su hermana la miraba desde la puerta del cuartel esperando para llevársela.

—No se preocupe señora, que no fue nada. Que todo se le resuelva pronto, y sus hijos estén bien. Recuerde ir al hospital.

—Claro que sí, mijo. Mil gracias.

De esa forma seguí mi camino. Mientras me alejaba, pensaba en lo que acababa de ocurrir. En algún momento pasó por mi mente que podía ser una trampa, que algo no andaba bien. Pero el rostro de esa señora, cuyo nombre al igual que el de sus hijos fueron cambiados para propósitos de confidencialidad, me aseguraba que era real lo que contaba. Sentí una sensación de tranquilidad en mí, y a la misma vez un sentido de gratificación y alegría, profundo, porque la había podido ayudar, y no le di la espalda como los demás. Me sentí orgulloso porque marqué la diferencia, demostré que podía hacer algo por los demás sin esperar nada a cambio. Aunque realmente sí recibí algo a cambio, satisfacción, gratificación interna, alegría, experiencia y agradecimiento.

Puedes estar pasando una situación difícil, que te sientas triste, sin ánimos para seguir, pero si le ofreces la mano a alguien que está en peores situaciones que tú, o que necesita un poco de ayuda, te darás cuenta de la sensación de satisfacción que tendrás y lo bien que se siente el ayudar. Lograrás tener un poco de alivio y a su vez espacio para distraerte de tus situaciones, de pensar un poco más allá de solamente tus situaciones negativas. A su vez, entenderás que tienes la capacidad, no solo de crear cambios positivos en tu vida, sino que también influirás positivamente en la vida de otros. Esto te ayudará a encontrarle el propósito de tu vida. ¿De qué forma? Pues al darte cuenta que ayudando a otros es una manera de servir a la humanidad. Existen personas con otras situaciones más severas que las tuyas y aún siguen luchando. Quizás te topes con alguien que esté pasando por una situación similar, y por ayudarle, te ayude a ti a resolver la tuya. Por eso, el aprender a hacer la diferencia es tan importante en este proceso que llevas al leer este libro, porque te ayuda a ampliar tu visión de mundo, te demuestra que debes conocerte a ti mismo, aceptarte como eres y darte valor. Debes reconocer tus habilidades, tus talentos, así como tus defectos y tus limitaciones. A su vez estás aprendiendo a dar la mano al que necesita sin esperar nada a cambio para crecer como ser humano y sentir el placer de ayudar a otros. Mientras eso ocurre, también podrás descubrir que existen muchas personas con un problema similar al tuyo, con más o peores que el que posees, pero viven su vida con esperanza, y no se rinden porque tienen su motivación, porque saben lo que la vida les quiere enseñar, porque saben qué crisis enfrentan, se adhieren a su poder y fuerza (resiliencia), y por tanto están decididos a ser sobrevivientes de la misma. Estos desean demostrase a sí mismos y al mundo que ellos marcan la diferencia. Que no son un simple ser humano más en el mundo. Es poder decirse a sí mismo: *"Estos son mis logros, mis triunfos, mis metas, porque yo las escogí. Éste es mi rumbo porque yo lo decidí: yo solo enfrenté todos los obstáculos y sigo en pié, sigo firme, decidido a seguir luchando. A seguir hasta que el reloj de la vida me indique que mi tiempo ha terminado y en ese momento me sentiré que viví mi vida al máximo dentro de mis capacidades y limitaciones. Claro que durante el transcurso de mi vida he cometido muchos errores, si soy humano. Tengo derecho a cometer errores, pero marqué la diferencia, fui quien realmente deseaba ser, realicé lo que disfrutaba hacer y lo que tenía que hacer para lograr lo que me propuse. Ayudé a muchos en mí caminar y les di la oportunidad a los demás de conocerme, que supieran quién soy, cómo soy, qué me gusta y qué disfruto hacer. Pudieron conocer que no estoy dispuesto a aceptar lo que me molesta, lo que me hace sentir triste y lo que considero injusto. He hecho todo en mi vida como deseaba".*

El día que sientas que puedes hablar de esa manera, será el día que habrás logrado tu potencial máximo de desarrollo emocional y madurez. Estarás listo para lograr ese cambio que tanto deseas y podrás descubrir aquello que tanto deseas saber. Podrás entender cuál es el propósito de tu vida, cuál es el significado de que estés con vida y cuál es el camino que debes seguir llevando. Recuerda que al marcar la diferencia, estás demostrando tus cualidades, quién eres realmente, lo que eres capaz de hacer por ti y por los demás. Serás una persona asertiva que no tendrás que proyectarte a través de nadie y tendrás la experiencia de sentir lo que es ayudar sin esperar nada a cambio. La vida misma se encargará de premiarte y de devolverte el favor que hiciste desde tu corazón. Si decides ayudar porque entiendes que esa persona te devolverá el favor, porque entiendes que esa persona tiene algo que le sacarás provecho más adelante; esa no es la forma correcta de ofrecer ayuda, es dar sin esperar nada a cambio. El sentido de satisfacción será mayor si lo haces genuinamente y porque realmente lo deseas hacer. Siempre es importante que puedas identificar tus limitaciones, hasta dónde eres capaz de llegar o qué cosas estás dispuesto a tolerar y/o aceptar al momento de ofrecer ayuda al igual que al momento de darte a conocer a los demás. Este conocimiento te facilitará tomar buenas decisiones. Sabrás si estás en una situación que no estás dispuesto a aceptar, como por ejemplo: una actividad que no deseas asistir, un tema con el cual no estás de acuerdo, un trabajo asignado que entiendes que no tienes la competencia para ejercerlo, entre otros. En cualquiera de esas situaciones en las cuales tienes la opción de decidir entre sí acceder o no, podrás ser asertivo y decidir lo que realmente deseas y explicar el porqué lo prefieres de esa manera. Es importante destacar, que sí existen situaciones en las que no tenemos el control, ni podemos optar porque no hay opciones a escoger. Algunas de estas situaciones son: labores estipuladas en el contrato de un empleado, el cuido de un niño por parte de sus padres, la pérdida de un familiar. En estas situaciones no tenemos el control, se tienen que aceptar y sacarle provecho a la misma. Es decir, si en tu trabajo está estipulada la atención del público, es tu deber cumplir con la tarea, si no deseas hacerlo, deberías optar por otro empleo. De igual forma, los padres de un menor quisieran salir a disfrutar, pero no tienen a nadie que les cuide al mismo, tienen que aceptar la realidad y asumir su responsabilidad de cuidarlo. Igualmente, ante la pérdida de un familiar, no podemos decirle que no estamos de acuerdo porque aunque es la realidad y en un principio no se pueda enfrentar, aún así la persona ya no está viva. Esto no quiere decir que no eres asertivo, quiere decir que existirán circunstancias en las que deberás aceptar la misma, pero te ayudará a cambiar la actitud ante la situación que se presente. Así que hay que aprender a trabajar con cada situación, si algo no pudieras cambiar, tienes que modificar la actitud, porque cuando cambias de actitud cambias de estados de ánimo y entonces todo comienza a verse diferente. Todo comienza a fluir dentro de ti. El moverte de una postura pesimista a una optimista es marcar también la diferencia. Cualquier situación puede presentarse, pero no importa cuál sea, podrías marcar la diferencia según como manejes o enfrentes la misma.

Ejercicios:

1. Identifica cuál de los métodos de comunicación utilizas con mayor frecuencia. Piensa si has usado los otros métodos de comunicación y cuándo.

2. Identifica situaciones en las que has dicho que *SI* cuando deseabas decir *NO*.

3. Identifica cómo te sentiste en ese momento que deseabas decir una cosa y dijiste otra.

4. ¿Cuál fue el resultado de esa situación?

5. Evalúa en una próxima situación que sientas decir *NO* la opción de decir *NO* en vez de *SI*. Intenta decirlo y observa los resultados. Observa cómo te sentiste y qué ocurrió. Recuerda que no todos estarán de acuerdo con tu decisión,

pero te sentirás bien contigo mismo porque estás haciendo lo que realmente deseas hacer. No siempre estarán de acuerdo contigo, pero esto es parte de las diferencias individuales: las diferencias que existen entre cada ser humano. Tú no tienes que sentirte culpable por decir *NO;* ni responsable, ni obligado, ni comprometido. Tú tienes el derecho a decir *NO* cuando realmente así lo decidas.

6. Intenta realizar algún favor, ayuda, asistencia o simplemente un consejo a alguien sin pensar en qué recibirás a cambio. Recuerda que debes ser genuino.

7. Evalúa como te sentiste realizando la ayuda.

8. ¿Cuáles fueron los resultados?

Capítulo VIII:
Tu alternativa es vivir

Si has llegado hasta este capítulo, probablemente has tenido la alternativa de haber modificado u optado por haber realizado varias modificaciones y cambios en tu vida. También has tenido la oportunidad de darte cuenta de muchos aspectos de la vida que antes habías pasado por alto o no le habías dado el significado que realmente ameritaba. Es hasta ahora que comienzas a ver las cosas de forma más clara y contundente. Esto significa que realmente has tomado la decisión correcta de invertir de tu valioso tiempo para leer estas líneas escritas especialmente para ti. En cambio, si aún no has logrado ver grandes cambios en tu vida, no te desesperes, ni te frustres, menos aún te rindas. Solo recuerda que este proceso es algo que no ocurre de la noche a la mañana, ni de igual forma para todos los seres humanos. Siempre hay que tener en cuenta las diferencias individuales de cada ser humano, como lo son sus características o rasgos de personalidad, nivel educativo, género sexual, edad, raza, etnia, entre otros. Sumado a estos aspectos, podemos entonces también añadir que, cuando tenemos una rutina, un hábito, una adicción a un comportamiento repetitivo, un ritmo de vida que hemos emprendido por más de cinco, diez, quince o veinte años, no es fácil romper con ese ciclo o codependencia (entiéndase esta última como un proceso de depender extremadamente de ese hábito rutinario como si fuese una adicción; en fin, una adicción a un comportamiento repetitivo). No pretendo demostrarte con este libro que es fácil hacer cambios en tu vida o en la vida de cualquier ser humano. Tampoco pienso quedarme en esa postura ni quiero que tú te quedes ahí. Quiero ir más allá al demostrarte que es posible cambiar, que es posible moverse a otro punto. Esta es la diferencia entre las personas sanas y saludables que aquellas que continúan enfermas y con innumerables quejas físicas, emocionales y psicológicas. Es importante que internalices que existe una alternativa real de cambio y que quizás no es la tú has escogido: rendirte, no seguir y no luchar más.

Como se ha visto desde que el mundo existe, muchas personas tienen la inclinación a escoger la alternativa más fácil ante sus situaciones o problemas. Esto es cada vez más común y por diferentes razones. Al decir la alternativa más fácil, me refiero a aquella alternativa en la que la persona no enfrenta el problema porque no realiza un esfuerzo, ni empeño, ante las complicaciones que se le hayan presentado en su vida para solucionarlos o cambiar su situación. Ejemplo de este tipo de persona se ha presentado en capítulos anteriores. Es aquella persona que opta por darle la espalda al problema, por encerrar el mismo y esperar "a ver qué pasa." Puede ser aquella persona que simplemente espere a que otros le resuelvan para no tener que hacer nada al respecto. Existen casos más complicados y difíciles en los que la alternativa seleccionada puede ser una de las alternativas más negativas y contraproducentes que cualquier persona pueda escoger. Con esto me refiero, primero que nada, a la errada decisión de recurrir al alcohol o al consumo de drogas ilícitas o al abuso de sustancias controladas. Esta es una de tantas formas de escape que utilizan las personas para intentar sobrellevar sus diferentes situaciones.

Son muchos los casos en que las personas entran en el mundo de la adicción al alcohol o al uso y abuso de sustancias ilegales, debido a la presión de grupo, a querer experimentar con estas sustancias, o por conducta aprendida. Es generalmente en la adolescencia, pero no se limita a ésta, la época en donde mayor puede ser el riesgo a la exposición del alcohol y esas sustancias o drogas ilícitas —los dos grandes asesinos de nuestra juventud— y es en donde la presión de grupo mayormente afecta. Según se explicó en el capítulo anterior, el pertenecer a un grupo, formar parte de una sociedad y ser aceptado, es algo muy importante y necesario para algunas personas. Por lo que esta situación podría conllevar que la persona pueda adoptar conductas negativas para poder formar parte del grupo deseado. Conductas como ingerir alcohol o consumir drogas, muy bien pueden ser parte del reto para pertenecer a un grupo. Puede incluso para algunos jóvenes considerarse el requisito, para no solo pertenecer al grupo, sino también permanecer en el mismo. Y aunque nosotros no lo creamos, estos jóvenes no creen que el realizar estas conductas pudiera ser negativo para ellos. Tampoco piensan que por usarlas, van a convertirse en alcohólicos o adictos. La mayoría de los jóvenes que han entrado en contacto con el alcohol y las drogas, no creen que se volverán alcohólicos o adictos en ninguna medida. Piensan, verbalizan y hasta lo creen, que el uso, tanto del alcohol como las drogas, es un medio de disfrute y que ellos tendrán el control de dejarlo cuando así lo decidan. Mientras tanto ellos están convencidos que controlan el uso del alcohol y las drogas, y no que el alcohol y las drogas los controlan a ellos. No obstante, lo importante aquí es lograr que la persona que toma la decisión de utilizar el alcohol o las sustancias ilegales para poder formar parte de un grupo, se dé cuenta que no está tomando la decisión correcta que le beneficiará. De igual forma existe la posibilidad que las personas que adoptan este tipo de conductas, utilizan como justificación el haber experimentado situaciones traumáticas, situaciones adversas y/o negativas que les marcaron la vida para siempre. Pero si nos ponemos a pensar, ¿la mayoría de los seres humanos no hemos experimentado algún tipo de trauma, crisis, pérdidas, que nos han marcado para siempre? La respuesta es sí, pero entonces ¿por qué no todos exploran el consumo de alcohol o sustancias ilegales como alternativa y son solo algunos? Todo dependerá del ambiente y del apoyo que posean, de sus valores, su moral, su madurez y autoestima. Cada persona es un ser individual y cada cual tiene una visión diferente de la vida o sus razones por las cuales decide tomar X rumbo. Pero el utilizar el consumo del alcohol o las sustancias como alternativa para lidiar con los problemas no puede ser considerado una solución a las situaciones; por el contrario, puede agravar la misma. Esta podría ser para algunos una "alternativa fácil", yo prefiero llamarle intento de escape, no alternativa, ni mucho menos solución a una situación. Le llamo *intento de escape*, porque es solo una ilusión temporera y no real de escape. La persona sigue en el problema, solo se desenfoca por unos instantes, para luego encontrarse en la misma situación. Esto también incluye a aquella persona que haya decidido no usar sustancias ilegales y que solo recurre al consumo del alcohol para *"ahogar las penas"*. Esto es una falacia, ya que el alcohol es considerado un depresivo y disminuye las inhibiciones, lo cual causará que la persona se vea más afectada por la situación. La persona puede exponerse a riesgos mayores, así como cometer un número mayor de errores de los que ya ha cometido. El seleccionar la manera menos dolorosa, menos difícil o menos laboriosa no quiere decir que se podrá solucionar la situación sin tener que enfrentarla. Aunque puede que algún problema tenga una solución fácil y rápida, no quiere decir que sea la norma a seguir.

Otro factor importante que deseo incluir en este capítulo y que considero uno de los más importantes que se debe discutir, es el escape (o terminación de la vida) que muchas personas lamentablemente escogen ante su *aparente* imposibilidad de enfrentar una situación, trauma y/o problema que le ha tocado experimentar en su vida. Este escape de la realidad de las circunstancias de vida que se está experimentando y que comúnmente es considerado como la privación de su propia vida (el suicidio) es inaceptable para mí. Le llamo escape porque la idea misma de considerar esto como alternativa es absurda. El terminar con tu vida por una situación es algo que no puede tener justificación, ni mucho menos llamarle alternativa, opción ni solución. Permíteme explicarte por qué. No importa la religión que profeses, la fe que tengas o tu creencia en un Ser Superior y/o Dios. Tu existencia tiene un significado, tiene una razón de ser, ¿por qué terminar con ella? Por más golpes que hayas recibido en la vida, por más circunstancias que tenga, siempre tendrás momentos de felicidad y alegría. Siempre sentirás satisfacción, gozo, placer, dicha y *más aún* si has puesto en práctica todo lo que has aprendido con este libro, tu vida tendrá otras alternativas. Por eso aprovecho en este capítulo en profundizar en un tema como éste, porque entiendo que ya has podido avanzar más en el proceso de entendimiento de tu vida y si en algún momento pensaste en este "escape de tu realidad" entiendo que ya no lo estás considerando. Sí aún así continúas con ello, te recomiendo que busques ayuda de un psicólogo para poder trabajar con esos pensamientos negativos de inmediato. Te invito a que continúes leyendo estas líneas y puedas encontrarle el significado a tu vida.

Primero, es importante analizar qué factores o qué situaciones de vida podrían llevar a una persona a intentar "escapar de su realidad". Claramente algunos factores principales y determinantes de este "escape" son: la edad de la persona, sus creencias e ideología religiosa, historial familiar, estatus socio-económico, nivel educativo, política, cultura, entre otros. Por ejemplo, existen culturas en donde las personas se preparan, entrenan o adiestran mental y psicológicamente para ir "en servicio de la patria," cometer un suicidio, colocando bombas en su cuerpo y explotando, matando a varias personas (nosotros los llamamos terroristas), pero ellos (los que profesan esas creencias) se consideran a sí mismos como héroes y según su creencia o fe, es aceptado por su pueblo y por su dios. Para otras culturas como en Japón, llaman "kamikaze" a este tipo de acción donde lanzan el avión en que viajan hacia un punto donde pueden asesinar a otras personas. Este tipo de acción era utilizada en la segunda guerra mundial. Otras personas pueden verse influenciados por la etapa de desarrollo en la que se encuentre. Una de la etapas en donde la persona puede verse más afectada y tentada por este tipo de decisión es la adolescencia. Durante esta etapa, los adolescentes pueden acudir a este tipo de idea ya que no han desarrollado la madurez, la experiencia, ni el desarrollo adecuado para tomar las mejores decisiones. Claramente, si este adolescente posee la confianza, el apoyo y el desarrollo de buenas relaciones interpersonales, las probabilidades que seleccione el privarse de su vida son menores, pero no se limita solamente a este tipo de población. También se ha observado la toma de esta decisión en personas que han experimentado pérdidas como la de un familiar, su trabajo, separación, divorcio, infidelidad, entre otros. Pueden existir un sinnúmero de razones por la cual las personas podrían acudir a este "escape de la realidad", porque ante tantos obstáculos no saben cómo enfrentar los mismos, o simplemente no están en la disposición de aceptarlos. Aunque te he mencionado varias razones, es importante que puedas identificarlas y reconocer las mismas para que si en algún momento algún familiar, amigo, conocido o tú mismo las experimentas, puedas tomar acción al momento y no cuando sea demasiado tarde. Primero debes reconocer los indicadores que pueden hacer surgir en la persona ideas o pensamientos que lo influyan a finalizar con su vida. Estos son los siguientes:

1. *Amenazas de privarse la vida:* en una o más ocasiones, la persona ha mencionado, tanto a familiares y/o amistades, de forma amenazante, el deseo o intención de cometer dicha acción.

2. *Intentos anteriores:* la persona ha presentado, en una o más ocasiones, intentos de acabar con su vida mediante diferentes métodos. Generalmente esta persona tiene historial psiquiátrico y/o psicológico previo y sus familiares conocen la causa por la cual la persona ha intentado privarse la vida.

3. *Hablar con mucha frecuencia de la muerte:* puede ser que la persona abarque el tema de la muerte con frecuencia, mencione la misma como algo a lo que no le teme, pregunte sobre la opinión de los demás y/o la explique como una meta que se debe alcanzar. Hay que tener en cuenta que hay que diferenciar entre el hablar del tema de la muerte como un proceso normal, por ejemplo, si alguien cercano murió, o existe alguna noticia sobre alguna personalidad que acaba de fallecer. Pero por el contrario, si la persona comienza a hablar exageradamente de la muerte, comienza a sentirla, no temerle,

desearla, entre otras ideas no racionales ni típicas, esto nos daría una clara visión sobre el riesgo al que se expone.

4. *Prepararse para morir:* Aquí hay que diferenciar entre *hacer los arreglos para morir* y *preparase para morir.* Las personas pueden, como proceso normal, hacer todos los arreglos correspondientes para cuando llegue su muerte. Estos son: pagar sus servicios funerarios o si desea pagar por una cremación; si desea servicios religiosos; también podría dejar un testamento y el procedimiento para la lectura del mismo. Estos son algunos detalles que podría una persona querer dejar claro para cuando llegue ese momento de la muerte. Esto facilitaría a sus familiares y podrían retornar al rumbo normal de vida lo más rápido posible. En cambio, hay que tener cuidado cuando las personas expresan que se están preparando para morir. Por ejemplo, una de mis clientes mencionó durante una de las sesiones: *"Tengo que preparar unas cosas y dejar todo en orden antes de tomar mi decisión".* Al cuestionarle sobre cuál era esa decisión, la misma indicó: *"la decisión de descansar por fin para siempre".* Esto es un ejemplo claro que la intención de esta persona era terminar con su vida, pero aún tenía cosas que no quería dejar sin organizar. En el caso de este cliente, aún se encuentra trabajando su situación de vida y continúa asistiendo a su proceso de terapia psicológica y psiquiátrica. Sabe que sí existen otras alternativas.

5. *Depresión:* Existen varios diagnósticos que pueden llevar a una persona a escoger ese "escape de la realidad", pero uno de los más comunes es la depresión. A una persona diagnosticada con depresión puede ser que estas ideas y/o

pensamientos negativos le sean más frecuentes que a una persona sin el mismo. Si la persona permanece mucho tiempo sin tratamiento, su depresión puede agudizarse y la persona puede tener pensamientos e ideas suicidas que la lleven a atentar contra su vida.

6. *Cambio en sus estados de ánimo:* En ocasiones las personas pueden mostrar cambios en sus estados de ánimo que pueden fluctuar desde mostrarse feliz y alegre hasta angustiados y deprimidos. Es importante vigilar estos cambios y si los mismos comienzan a ser recurrentes y prolongados, entonces se debe inmediatamente recurrir a ayuda profesional.

7. *Cambio repentino de conducta:* La persona cambia drásticamente su rutina, sus relaciones sociales, su interacción con el mundo. Puede llegar a tornarse agresivo sin tener historial previo de agresividad o tratar de fingir como si nada le estuviera pasando.

8. *Retraimiento o aislamiento social:* La persona comienza a alejarse de su entorno social. Deja de compartir y/o comunicarse con sus amistades, casi no habla con sus familiares y apenas sale de su hogar.

9. *Síntomas físicos:* Pueden ser síntomas que sugieren en la persona pereza, cansancio, desánimo, como insomnio o pesadez, o por el contrario, dormir la mayoría del tiempo, pérdida de apetito, aislamiento, pobre o ningún aseo personal, desorganización en el hogar o lugar de trabajo, ausencias frecuentes en el trabajo sin justificación, entre otras.

10. *Aumento en conductas de riesgo:* Realiza juegos con armas de fuego u objetos punzantes (cuchillos, navajas, pedazo de cristal, entre otros), guarda o esconde los mismos, guía negligentemente, bebe o consume sustancias descontroladamente, entre otras. La persona comienza a ejecutar cosas negligentemente sin importar que pueda salir lastimado o pueda morir en el intento. Ejemplo de esto sería cruzar una calle transitada sin tomar las debidas precauciones para proteger su vida. En estas conductas se pueden incluir conductas riesgosas como sexo sin protección con múltiples parejas, conducir en exceso de velocidad, entre otras.

11. *Redactar una nota suicida:* Aunque claramente ésta sería uno de los indicadores más obvios, no siempre las personas dejan notas suicidas. En cambio, si ya existe una nota suicida, puede ser que la persona redacte cartas de despedida a sus seres queridos, amistades y/o al mundo en general, y que de pronto comience a hablar de dejar sus pertenencias de valor o repartir herencias a desconocidos, cuando esa persona nunca había expresado eso como un deseo genuino, común o normal. Otro detalle es que la nota suicida, es en la mayoría de los casos, una nota plagada de sufrimiento, tristeza, depresión y angustia, al no poder solucionar una situación, y su postura parece una donde refleja que no tuvo otra opción o que lo impulsaron a tomar esa decisión de escape, que en última instancia, es por no querer enfrentar o poder manejar con ciertas situaciones difíciles y tormentosas. Y por último, la decisión de escape no lleva un procedimiento regulado, ni fiscalizado y mucho menos cobijado por nuestras leyes. Esto

es muy diferente a cualquier otra nota donde las personas muy felices y ecuánimes dejan su herencia a sus allegados o a instituciones benéficas y lo importante es que siempre habían hablado de ello a sus herederos, o sus representantes legales, o a las instituciones involucradas. Esta es una decisión muy bien pensada, analizada y compartida con otros, no responde a un escape de ninguna situación porque cuando se lleve a cabo, la misma se dará bajo un procedimiento regulado, fiscalizado y bajo la cobija de la ley.

Una vez has podido reconocer cada uno de los indicadores, tienes que tener presente que no todo el que realice una o más de las antes mencionadas, quiere decir que intentará quitarse la vida. Pero ciertamente puede sugerir que la persona pudiera estar considerando la posibilidad de la misma. Tener conocimiento de esto te ayudará a reconocer a tiempo lo que puedas estar experimentando o ayudar a alguien que lo esté viviendo.

Ahora es importante identificar los factores específicos que pueden llevar a una persona a tomar este "escape de la realidad," además de los que anteriormente mencioné. Estos factores se pueden dividir en factores sociales y/o externos y factores personales. Entre los factores sociales y/o externos están:

1. *Desempleo/crisis económica:* Si la persona pierde su empleo, ya sea por que cometió un error, la compañía cierra, no le dan la plaza, entre otros, puede ser un precipitante o un influyente. De igual forma, y va en la misma línea, los problemas económicos, las deudas, problemas con acreedores.

2. *Problemas familiares:* Situaciones con su familia que entienda que no puede resolver o manejar.

3. *Drogas y/o alcohol:* Ya sea por presión de grupo o por lo antes explicado, la persona acude al consumo de sustancias ilegales y luego no sabe cómo lograr salir de la misma.

4. *Rechazo por parte de un estrato social:* La persona desea pertenecer a X grupo (grupo social, fraternidades, grupos de pares, entre otros) y no es aceptado, es humillado y rechazado.

5. *Ausencia de un grupo de apoyo:* La persona puede vivir solo en otro país o no tener familiares vivos ni amistades cerca o que estén en comunicación. Esto puede promover un estado depresivo y aumentar las ideas negativas.

Por otro lado los factores personales pueden ser:

6. *Diagnóstico de trastorno mental:* La persona puede padecer diferentes diagnósticos como depresión, trastorno bipolar, esquizofrenia, trastorno de personalidad fronterizo, entre otros. Cualquier persona que padezca de alguno de estos diagnósticos podría desarrollar una conducta suicida.

7. *Sentimientos de culpa:* La persona, ante alguna situación en la cual se siente responsable, no puede soportar los sentimientos de culpa. Se siente responsable, se culpabiliza y considera que no podrá ser perdonado.

8. *Falta de deseo para buscar ayuda por el estigma social:* Aunque las personas reconozcan que algo anda mal a nivel emocional,

no desean buscar ayuda por miedo a los señalamientos de la sociedad y a ser juzgado.

9. *Venganza:* Al cometer el acto de privarse la vida, se le dará la lección a alguien que le hizo daño para que esta persona se sienta culpable.

10. *Llamar la atención/manipulación:* En muchos de los casos, la persona que intenta o realiza un "escape de la realidad" meramente lo utiliza para acaparar la atención de otras personas importantes para él, o para sentir que lo valoran y lo aprecian. Otros lo hacen o anuncian que lo van a hacer, para manipular a las personas que ellos consideran importantes o que desean que cumplan sus deseos. Algunos ejemplos pueden ser, el intento de una mujer para que su esposo no la abandone, un hombre que teme que su esposa se divorcie de él, un hijo para que sus padres le concedan realizar ciertas cosas que él desea, entre otros. Es importante destacar que aunque se tenga la idea que puede ser manipulación o intento de llamar la atención, no se puede dejar pasar la situación, se debe buscar ayuda psicológica de inmediato.

11. *Manifestación de amor:* Una persona desea demostrarle a la otra que si no están juntos su vida no tiene significado por lo que desea privarse de la misma. Piensa que de esta manera le demuestra a la otra persona lo mucho que lo ama, sin considerar lo que la otra persona piensa o desea realizar con él. También está aquella persona que no solo termina con su vida, sino con la de la persona con la que se obsesiona diciendo *"si no es mía, no es de nadie".* De esta manera creen ser dueños de la vida

de otros y decidiendo por ellos. No podemos decidir por los demás, no podemos creernos dioses o seres superiores. Somos simples seres humanos, la vida de cada persona es importante, es valiosa, no somos quién para decidir quién vive y quién no.

12. *Falta de opciones:* Esta es una de las más comunes y que quizás se pueda relacionar con todos los demás factores. La persona entiende que no tiene otra alternativa. No considera que existen oportunidades que le ayudarán a seguir viviendo.

Es sumamente entristecedor que las personas opten por terminar con su vida y no le hayan encontrado el significado a la misma. No han logrado ver la grandeza de su existencia, de su propósito en la vida. Las adversidades que han encontrado les hacen titubear y cuestionarse a sí mismo el por qué de las cosas, el por qué tienen que experimentar las mismas. Su mente se carga tanto de ideas, preguntas sin respuestas, pensamientos constantes sobre qué se entiende que son situaciones difíciles o dilemas críticos o, problemas sin resolver y preocupaciones que lo drenan extremadamente, provocando en la persona la sensación de impotencia e incapacidad. Todos hemos experimentado esa sensación de impotencia ante una situación, el pensamiento de no poder seguir con la misma, o el no querer enfrentarla. Pero pregúntate, ¿para qué terminar con mi vida?

¿Cómo terminar con mi vida, sirve para solucionar la situación? La contestación es que no hay sentido para terminar porque no tenemos una continuidad de la vida. La situación permanece y las personas que amamos son impactadas de tal forma que jamás podrán borrar la acción que tomaste. En este punto entra el tema de la religión y/o creencia espiritual. Son muchas las personas que poseen una creencia en un Dios o Ser Superior que no aprueba este tipo de práctica, que les provee fe y esperanza que las cosas van a mejorar. Otras personas tienen creencias en dioses, espíritus, santos y/o entidades, que les guían en el transcurso de la vida. Ese aspecto le da la oportunidad al ser humano de tener una base firme en caso de sentir que todo su apoyo, su motivación y sus fuerzas se han terminado. Es esa luz, esa guía que le ofrece al ser humano la alternativa de creer, la alternativa que sí existe una resolución a su situación, y quizás un final deseado. Es esa creencia que al final de la vida puede existir una continuidad de la misma, según tus actos y tu desempeño. Para estas personas, pueden ser suficientes sus creencias y esa fe, para lograr mantenerse de pie ante las adversidades y enfrentar las mismas. Para otros, puede ser parte de sus herramientas para manejar sus situaciones, pero no se limita a solamente la fe. Pero, ¿qué ocurre con aquellos que no tienen fe, aquellos que no creen en una continuidad de su vida, después del fin (la muerte)? ¿Aquellos que sienten que no tienen motivos para vivir, que no conocen el por qué de su vida, su propósito ni lo que lo hace especial y no tienen una fuerza superior que le ofrezca una esperanza al final del camino?

Autores como Rick Warren (2003) aseguran que:

"Dios es tu punto de partida, tu creador. Existes tan solo porque él desea que existas. Fuiste creado por Dios y para Dios... Solo en él encontramos nuestro origen, nuestra identidad, nuestro sentido, nuestro propósito, nuestro significado y nuestro destino".

Son palabras llenas de fe y devoción para ese Ser Supremo en el que muchos depositan su fe y amor incondicional. Quizás es tiempo de creer, de reconciliarte con ese Ser Supremo y provocar otro nuevo cambio en tu vida. Si aún no te sientes listo para trabajar con tu fe, ten en mente que es algo que realmente te ayudará a entender tu vida y para qué estás en esta tierra.

Aún así, es bastante complicado el poder responder a las interrogantes que he planteado anteriormente. Probablemente ahora que tienes este libro en tus manos, te has dado cuenta que te has hecho esas mismas preguntas, y aún no tienes las respuestas. Realmente no puedo ofrecer una respuesta. Nos toca a cada uno de nosotros descubrir la respuesta. Yo puedo responder en base a lo que yo creo y conozco, pero no puedo decirte qué hay del otro lado. No puedo decir que después de la muerte habrá continuidad. No puedo decirte que por no creer, serás condenado o sufrirás eternamente. Lo que sí puedo decirte es que tu alternativa correcta más allá de si deseas creer, más allá de lo que has pasado o estás pasando, es *no rendirte*. Hasta este punto en este libro, has podido identificar varias destrezas y estrategias para crear cambios, para comenzar a darle un sentido a tu vida. Siempre te has preguntado ¿por qué estás vivo? ¿Cuál es mi propósito en la vida? Pues hazte esta nueva pregunta, ¿por qué dejar de vivir? ¿Por qué desperdiciar mi vida? Esas son las verdaderas interrogantes que te debes hacer. ¿Crees que vas a descansar una vez te prives de tu vida? Pero, ¿si no tienes fe o una creencia religiosa, entonces quién te asegura que es descanso lo que te corresponde? ¿Y si existe la eternidad? ¿No crees que vale la pena seguir luchando para disfrutarla con los seres que amas? Piensa que si la situación que enfrentas afecta a más de una persona, además de ti, ¿por qué solo tú escoges ese *escape de la realidad*? Si los demás pueden tomar otras alternativas, tomar otras decisiones, ¿por qué tú no? ¿Por qué no darte la oportunidad de vivir desde otra perspectiva? ¿Por qué no buscar ayuda?

No debes rendirte. La vida tiene mucho que ofrecer, tiene mucho que enseñarte y demostrarte cómo aprender a sonreír a plenitud. Analiza el siguiente ejemplo para que veas con más claridad lo que te quiero demostrar.

José es un joven de veinticinco años de edad, es delgado, de piel morena, ojos color marrón y pelo negro. Siempre se consideraba a sí mismo como una persona tímida, reservada y de muy buenos valores. Un día José conoció a Natalia, una joven de veintiséis años de edad, hermosa, ojos marrones, pelo castaño y delgada. Cuando José vió a aquella joven, su corazón no podía contener la emoción. Empezaron a salir y poco a poco comenzó la relación. Pasado un tiempo, deciden tomar el gran paso de contraer matrimonio. Aunque José había identificado algunos aspectos que no le parecían lógicos de parte de Natalia, aún así decidió dar el gran paso porque realmente la amaba. Siempre consideró que la diferencia económica podría ser una situación que les traería problemas, pero estaba seguro que el amor lo solucionaría todo. Convivieron un mes antes de unirse en matrimonio y luego decidieron casarse. Tan pronto comenzó su proceso como recién casados, las cosas empezaron a cambiar de rumbo. Natalia presentaba mucha irritabilidad ante las dinámicas entre ambos. En ocasiones no deseaba que la tocara o se le acercara. Las discusiones eran diarias, pero ella nunca manifestaba su incomodidad, simplemente lo responsabilizaba a él porque repetía constantemente sus reclamos. José no sabía qué hacer, sentía impotencia ante la situación porque intentaba todas las formas que se le ocurrían para convencerla de conversar, de que se expresara y poder resolver la situación, porque él la amaba. Sentía que había dejado de ser él, para ser como ella deseaba, pero aún así, no le dio resultado. Desesperado, desorientado, confundido y sin saber qué hacer, José decidió marcharse de la casa durante la última discusión que tuvieron. Mientras se encontraba en el auto, lloraba sin cesar, desconcertado, decepcionado con Dios y con el castigo que le había tocado vivir. Se preguntaba ¿por qué Dios le hacía pasar por eso? No podía entender porqué tenía que pasar por esto si no había hecho nada malo para merecerlo. Llegó a pensar que ella no lo amaba, que quizás le era infiel, que tal vez estaba con otro. Pero ni siquiera podía tener la respuesta de Natalia porque ella no deseaba hablar, no interesaba resolver la situación. Fue en ese momento que pensó lo injusta que era la vida, el dolor, la humillación de pensar que su matrimonio solo duró tres meses. Cómo volver a empezar, no se sentía amado, se sentía que no merecía nada, solo sufrimiento. Entonces si así debía ser, para qué seguir luchando, si su vida no tenía nada nuevo que ofrecerle. Ante la impotencia de José de entender su situación, se cuestionaba el porqué le tenía que pasar esto. José comenzó a tener pensamientos negativos, entendió que no tenía nada más que buscar ni luchar en la vida. Sentía odio, frustración, miedo, coraje, ira, pero a su vez no sabía cómo expresarlos, por lo que aumentaba más su dolor. Se tornó muy agresivo, hostil, gritaba y sentía que no tenía el control de sí mismo. Se sentía abandonado por su familia, por Dios, por la persona que más amaba en su vida, "era mejor estar muerto", se decía. Comenzó a alejarse de todas sus amistades y familiares, no quería que nadie se burlara de él, ni que tampoco le tuvieran lástima. Aún así y lleno de tristeza y sufrimiento, decidió terminar su matrimonio. Se divorció y tomó la opción

*de comenzar de nuevo. El proceso le provocó mayor dolor al
darse cuenta que ella no se afectó en lo absoluto. Al contrario,
ella estuvo de acuerdo con terminar el matrimonio. Los
problemas económicos de José empeoraron. Después ocurrió la
separación final, el divorcio consumado, y José empezó desde
cero. Nunca se rindió porque sabía que merecía vivir. Así que
optó por vivir y decidió que sus experiencias de vida lo harían
más sabio y que debería aprender y seguir hacia adelante.*

El caso de José es un caso típico. Tal vez tú que estás leyendo
estas líneas sientas que están contando tu historia. Al igual que
José, probablemente te sentías vacío, solo, feo, desesperanzado,
abandonado, rechazado, mal esposo, incluso puedas haber pensado
que sexualmente no sirves. Pues déjame decirte lo contrario. El factor
social del problema familiar que tuvo José se puede considerar uno de
los causantes de los pensamientos negativos de José. Los indicadores
que sugerían que podía realizar un intento de privarse la vida fueron
los síntomas asociados a la depresión: cambios repentinos de conducta.
Presentaba ira, coraje, agresividad. Comenzó a aislarse y comenzó a
hablarse a sí mismo sobre la muerte, la frase: *"es mejor estar muerto".*
La parte que no se discute en este caso es, ¿cómo José logró suprimir
o eliminar esos pensamientos de su mente y seguir con su vida? Esa
parte te toca responderla a ti. Quizás José puso en práctica lo que ya
has aprendido en este libro. Probablemente José se reconcilió con Dios
y se aferró a su fe, o a lo mejor simplemente entendió que las cosas
que experimentamos por más dolorosas que sean, por más fuertes
que parezcan, y por más sufrimiento que nos hagan experimentar,
siguen siendo solo situaciones. Ante esas realidades de vida tenemos
dos alternativas claras: aceptarlas y aprender a vivir con ellas, o por el
contrario, las cambias, modificas y sigues hacia adelante. Como antes

te había mencionado, existirán situaciones de vida que no tendrás el control sobre ellas, como puede ser la muerte de un ser querido, un desastre natural, una enfermedad terminal, entre otros. En esos casos tienes que aprender a trabajar con la situación para que la puedas procesar de forma madura. Aunque entres en las etapas de Kübler-Ross (vea Capitulo V), el fin debería ser el aceptar la situación y seguir hacia adelante con lo que aprendiste de ella. Pero por el contrario, si tienes una situación de pareja, crisis económica, enfermedad no terminal, o cosas en las que puedas hacer algo para cambiarlas, entonces toma tú el control de la situación, cambia de una vez el ritmo que llevas y verás la diferencia. Pregúntate: ¿Qué me detiene en esta situación? ¿Por qué no puedo salir de ella? Te darás cuenta que lo único que te detiene en ella eres tú mismo, nada ni nadie más, excepto tú mismo. No utilices las famosas excusas que tan frecuentemente escucho en mi práctica privada: "No me divorcio, Doctor, porque no quiero hacerle daño a mis hijos"; "No no me voy a divorciar o a separar de él porque va a cambiar, él es un buen hombre, tan solo pierde el control y a veces me ha golpeado"; "Lo importante es que él ama a sus hijos, es buen padre, me ama a mí y me pide perdón"; "Estoy seguro que ella cambiará"; "No consigo trabajo, no tengo dinero, nadie me quiere contratar" (Pero la persona ni siquiera había repartido su resumé o ha realizado otras gestiones como llamadas a empresas que emplean o subcontratan, por ejemplo)", entre otras. Nadie puede retenerte en una situación en la que tú puedes tener el control, piensa bien y te darás cuenta que tengo la razón. Tus hijos, ¿estarán bien en un matrimonio donde hay gritos, insultos, guerra y violencia?, o ¿estarán mejor si papá y mamá deciden separarse? Los hijos pueden compartir con ambos equitativamente, regulado con una orden de custodia compartida para mantener la equidad y justicia. Has esperado veinte años para que esa persona cambie y no lo ha hecho. ¿No crees que si no desea hacerlo, lo va a hacer? Desde otro ángulo de vista, ¿no crees que si hubiera deseado cambiar de corazón ya no lo hubiera hecho? Entonces, ¿no te corresponde a ti tomar la decisión de salir de esa situación de una vez y por todas? Si no has hecho nada para conseguir empleo o si te han ofrecido oportunidades en un trabajo que no es lo que esperabas, pero que entiendes que puedes hacerlo, ¿crees que no hay trabajo o es solo que estás exigiendo algo especial y no te estás preocupando por medir y evaluar la crisis económica por la que estás pasando? Si no hay una posición disponible en lo que deseas trabajar, y estás en una situación económica muy difícil, no crees que sería buena, lógica y sabia la idea de obtener un trabajo que te resuelva económicamente aunque no te guste mucho, mientras buscas con calma el trabajo que deseas. Piensa que será temporeramente, en lo que puedes conseguir algo que realmente deseas.

Entiendo que con este ejemplo puedes ver de forma más clara lo que deseo que comprendas y puedas poner en práctica de inmediato estas recomendaciones. La decisión de "escapar de la realidad", no sirve de nada, no te beneficiará en nada, porque no podrás continuar tu vida, disfrutar de los seres que amas, de vivir nuevas experiencias, de demostrarte a ti mismo cuán feliz puedes ser. Recuerda buscar todas las alternativas posibles o las que te pueden sugerir para afrontar tus situaciones antes de tomar una decisión. Claramente nunca debes seleccionar el escape de la realidad, porque sabes que no es una alternativa válida, no es una opción, es solamente un *error*, solo eso: un gran **error** que para muchos se convertirá en un gran **horror**. Un error que para los que tienen fe, creen en un Ser Superior o en Dios, sabe que tendrá consecuencias tanto para ti como para los seres que te aman y que te valoran. Y para los que no tienen una fe o no creen en un Ser Superior, quizás no crean que tengan una consecuencia, pero entonces se acaba tu vida, no vuelves a ver más a tus seres queridos, no quisiste darte la oportunidad de intentar algo nuevo, diferente, solo dejaste de existir y después ¿qué? ¿Crees que vale la pena? ¡Por supuesto que no! No seas egoísta contigo mismo, no dejes caer la toalla en tu lucha, sigue, cambia, evoluciona. No permitas que nada ni nadie guíe tu vida. No permitas que ninguna persona que no sea un profesional confiable y licenciado, como un psicólogo, te ofrezca alternativas y/o herramientas que puedas aplicar en tu vida. Sí puedes escuchar la opinión de los demás y sus puntos de vista, pero un profesional te ofrecerá las verdaderas herramientas. Tampoco te dejes guiar por la culpa, por el rencor, por el miedo, por la necesidad, por el materialismo, por las apariencias, el famoso "que dirán". La necesidad de ser aceptado, la necesidad de ser complacido, la necesidad de pertenecer a otros, la necesidad de ser importante, la necesidad de reconocimiento personal (del ego), es también una de las guías que pueden hacer que te pierdas en el camino. Todos estos aspectos pueden hacerte perder el horizonte porque te pueden enfocar en pasiones materialistas, deseos, caprichos, y de esta forma perder tu norte, el significado y el valor que tiene tu vida. De igual forma, el materialismo, este término no puede significar otra cosa que la asimilación de nuestro sistema de capitalismo fundamentado en el exceso de consumerismo. Esto no es otra cosa que el comprar y comprar. Es necesario suplirse de los artículos y materiales necesarios para vivir, pero no para estar extremadamente cómodo, con lujos y riquezas, porque así no encontrarás la verdadera belleza de tu vida, el verdadero propósito de tu vida. El que vive bajo estos postulados capitalistas y consumeristas, vivirá siempre en constante competencia, exigencias materiales, egoísmos y entonces perderás lo que verdaderamente merece prioridad. Recuerda que ante esas emociones, ante esas cosas, tú puedes tomar el control, puedes reconocer su origen, de dónde provienen y entender que el pasado ya pasó y que ya no puede hacerte más daño. Eres tú quien te haces daño dejándote guiar por esas emociones basadas en un pasado que ya no es tu presente, que no será tu futuro. Entonces porqué seguir viviendo en él. Un conocido me dijo una de las verdades más grandes y significativas de la vida. Una verdad que podría ser verdad para muchas de las personas que existen en el mundo y que quizás ellos no se han dado cuenta de esa realidad, de su realidad. Una realidad que puede causar que se pierda el sentido de la vida misma, que no puedan encontrar el propósito de la misma, porque están muy preocupados, ocupados en esta situación de vida que les impide seguir hacia adelante. Los mantiene adheridos como una mariposa se adhiere por error en la muy bien construida telaraña, esperando sin darse cuenta, el fin de sus días. Las personas se involucran en esta situación a tal punto que olvidan cómo, cuándo y por qué se encuentran en la misma. Esta cita de esa persona dice así:

"Son muchas las personas que viven en el pasado, se preocupan por el futuro y desperdician el presente".

Nos enfocamos tanto en lo que nos pasó, en lo que sufrimos, que comenzamos a temer que nos vuelva a ocurrir. Comenzamos a vivir la vida partiendo de lo que pasamos, todo gira en torno a esa situación de vida pasada. Luego llega el punto en que nos preocupamos constantemente por lo que pasará, cuándo pasará y si podremos superarlo y/o asimilarlo. Así transcurre la vida, esperando por algo que no llega para compararlo con lo que ya vivimos, que ya no es nuestra situación de vida, es producto del pasado. De ese modo desperdiciamos la vida (el presente, el aquí y el ahora) viviendo con el fantasma del pasado y con temor a la sombra del futuro. Edmund Burke (1997) dijo elocuentemente pero muy acertado: "Nunca podrás planear el futuro basado en el pasado." Claramente no quiero que se entienda que no debemos pensar en el futuro, ni tener aspiraciones para él. Simplemente, quiero decir que la preocupación constante por algo que no tenemos el conocimiento no es saludable. Podemos pensar que cuando terminemos los estudios adquiriremos una casa o un apartamento, contraeremos matrimonio, tendremos hijos, un carro nuevo, entre otras. Pero no podemos vivir sufriendo y pensando diariamente de cuándo va a llegar ese futuro, cómo va a ser, ¿será como lo deseo? Debemos planificar para saber cómo llegar a nuestras metas, pero no permitir que las mismas se conviertan en preocupaciones de tu presente porque aún no están en él. Debes tener en mente que pueden surgir inconvenientes o situaciones que alteren el rumbo de tu caminar, que modifiquen ese futuro que tenías pensado, así que si no ocurre exactamente como lo planeaste, no te frustres ni te rindas, por el contrario, puedes crear más cambios y más ajustes hasta alcanzarlo. Ante todo, debes mantener la esperanza y la fe, porque estas herramientas son las necesarias para crear, desarrollar y modificar nuestro futuro. Recuerda las palabras que Thomas Jefferson muy claramente expresó: "Aprende de ayer, vive para hoy y ten esperanza en mañana".

Por eso no debes rendirte, debes dejar de permitir que tu vida sea guiada por esas emociones que no te benefician y no te rindas, no utilices el "escape de tu realidad". Puedes seguir, puedes crear cambio, puedes salir de donde estás, puedes correr a un lugar seguro, puedes gritar lo que te molesta, puedes decir *no más*, no quiero más de esta situación, y así será. Decrétalo: *"No quiero seguir más en esta situación, hoy quiero ser libre, quiero vivir. Elijo vivir"*. Te darás cuenta que sí puedes hacerlo. Aplica lo que has aprendido, que sí existen razones que te ayudarán a contestar la pregunta del próximo capítulo: *¿Para qué seguir viviendo?*

Ejercicios:

1. Repasa los indicadores del "escape de la realidad" como le he llamado. ¿Recuerdas haber experimentado alguno de los indicadores discutidos anteriormente? ¿Conoces a alguien que los ha manifestado?

2. ¿Cómo los pudiste manejar o cómo la persona los manejó? ¿Crees que ahora podrías manejar mejor estos pensamientos negativos luego de leer este capítulo?

3. Si experimentaste la pérdida de un familiar, amigo o conocido, piensa en tus emociones, ¿cómo esa situación te impactó y cambió la vida de tu familia y la tuya?

4. Crea una lista de porqué tomar ese "escape de la realidad" no es una alternativa. Déjate llevar por lo discutido en el capítulo y en base a tu vida.

5. ¿Te consideras una persona que vive en el pasado, se preocupa por el futuro y desperdicia el presente? o ¿te consideras una persona que planea el futuro basado en el pasado?

6. ¿Qué piensas hacer para cambiar esto? ¿Qué vas hacer para cambiar esto? Y si no eres así, ¿cómo lo has logrado? ¿Te ajustarás y cambiarás solo para aprender del ayer, vivir para hoy y tener esperanza en el mañana?

7. Practica diariamente la frase positiva: *"No quiero seguir más en esta situación, hoy quiero ser libre, quiero vivir. Elijo vivir. "*

Capítulo IX:
¿Para qué seguir viviendo?

E sta es una pregunta que muchas personas se hacen cuando se encuentran ante una situación que no pueden controlar, superar o que simplemente no saben cómo trabajar ante la misma. Esto representa el enigma de aquella persona que ha tenido una vida llena de tropiezos, sufrimientos, continuas dificultades o que ha tenido una situación en particular que ha marcado su vida de tal forma que ahora no le encuentra sentido.

Sandra es una maestra de cincuenta y cinco años de edad. Es una mujer de tez clara, gruesa, ojos color marrón y pelo corto, color castaño. Recientemente había perdido a su esposo, con el cual convivió por unos treinta años. El esposo había fallecido por problemas respiratorios que se agravaron, ya que era obeso y había desarrollado una condición respiratoria como resultado de su obesidad. Se cumplía exactamente un año de la muerte de su esposo, cuando Sandra, sentada en la sala de su hogar, decidió hojear las páginas de un antiguo álbum de fotos. Este álbum lo había encontrado el día anterior cuando limpiaba su casa. Mientras se encontraba sentada, con el álbum sobre ambas piernas, pensaba en lo difícil que se le haría para ella abrir aquel maltrecho álbum. Por fin, toma la decisión de abrirlo, respira profundamente y se dispone a abrir aquella portada color marrón oscuro, manchada por la humedad del tiempo. Para Sandra, solo le provocaba dolor y angustia el abrir aquel libro de recuerdos, que aunque representaban momentos plasmados y llenos de alegría, también se combinaban con sentimientos de dolor y tristeza porque esos momentos no podrían volver.

En esa primera hoja, amarilla por el imponente tiempo, estaba la foto de sus cuatro hijos, cuando el mayor apenas tenía seis años. Su rostro comenzó a expresar una tenue sonrisa que poco a poco comenzaba a extinguirse ante la inminente caída de sus lágrimas. Luis, su segundo hijo, también había fallecido cuando tenía veintiún años de edad ante una bala perdida en su festividad favorita, la llegada del año nuevo. Sandra sabía que esto evocaría en ella muchos sentimientos, pero aún así se decía a sí misma: "Tengo que superarlo, así lo hubiese querido él". Nunca había podido pasar ni siquiera de la primera página del álbum desde la muerte de su hijo hacía doce años y hoy por fin había podido pasar de esa maltratada portada. Es que sabía que hoy era diferente, sabía que hoy sí lo lograría. Mientras pasaba cada una de aquellas páginas del antiguo álbum de recuerdos, observaba con detenimiento cada foto y recreaba cada una de esas pequeñas estampas de memorias en las que fue feliz, en las que: "Estábamos completos", decía. Su rostro nuevamente comenzó a mostrar signos de alegría, comenzó a reír a carcajadas mientras recreaba cada uno de los preciados instantes. Sentía que estaban ahí, junto a ella, disfrutando el momento y valorando el preciado tiempo que compartieron juntos. Cuando llegó el momento de observar la última foto de Luis antes de fallecer, Sandra se paralizó por completo, comenzó a sudar y sus manos le temblaban sin parar. Cerró nuevamente el álbum, marcando con su dedo la página en donde estaba esa foto. Respiró profundamente, secó sus lágrimas con su mano izquierda y nuevamente abrió el álbum en la foto de Luis. Sus ojos apenas podían divisar la figura de Luis en aquella foto, eran tantas las lágrimas que brotaban de ellos, que apenas podía ver la misma. Luis estaba con su perro, Marco, en su falda, estaba sin camisa, sentado sobre el carro de su papá y sonriente hacia la cámara que en aquella ocasión sostenía Sandra. Mientras la observaba y sus lágrimas caían sobre su pecho, le llegó un pensamiento que le hizo recordar unas viejas marcas que tenía en ambos brazos desde hacía doce años. Entonces comenzó a recordar el por qué tenía aquellas marcas.

Habían transcurrido dos días desde el entierro de su hijo Luis. Ella había salido del hospital luego de haber sido hospitalizada ante un desmayo que tuvo al momento de bajar el ataúd a la tumba. Recuerda que estaba sentada en ese mismo sofá mirando hacia el fondo del pasillo de su casa sin emitir palabra alguna, solo miraba sin pestañar, mientras las lágrimas se deslizaban por su rostro. Su esposo se le acercó y se sentó a su lado derecho mientras dirigía su vista hacia aquel pasillo que parecía no tener fin.

—Creo que debes descansar, estás muy pálida y demacrada —le dice su esposo, mirándola, angustiado, por la mirada incierta que tenía Sandra.

—*No creo que pueda descansar ya, nunca más* —*decía, mientras se limpiaba las lágrimas con aquel pañuelo negro humedecido por el incesante llanto.*

—*Trata de hacerlo por favor, sabes que es difícil para todos* —*insistió su esposo.*

—*Eso intentaré* —*de esa forma, Sandra se incorporó del sofá poco a poco, y se dirigió directamente hacia aquel pasillo infinito con ganas de perderse en él.*

Lo que su esposo no sabía era que Sandra, sentada en aquel sofá, solo pensaba en cómo ponerle fin a su dolor, cómo no sufrir más y descansar para siempre. Tanto para él como para sus hijos, esto era una preocupación constante, pero no se imaginaban los deseos que tenía Sandra de acabar con su vida. Mientras se dirigía por aquel pasillo, se detuvo en la cocina, envolvió en su humedecido pañuelo un cuchillo y continuó su marcha hacia el cuarto. Tomó alguna de sus ropas y se dirigió al baño de su habitación. Se paró frente al espejo de su baño, se cambió de ropa, abrió la llave del agua hasta regular la misma a agua tibia, y una vez consideró que la bañera estaba llena lo suficiente, cerró la llave. Entonces sacó el cuchillo de su pañuelo y caminó hacia la bañera. Poco a poco entró a la misma y se acostó en ella. Cerró sus ojos y mientras deslizaba el cuchillo en una de sus muñecas, solo imaginaba el rostro de su hijo. Sintió una punzada en cada muñeca, pero cuando abrió sus ojos, sus manos emanaban sangre que se mezclaba rápidamente con el agua aún tibia. Mientras sentía que poco a poco su cuerpo iba perdiendo energía, comenzó a sentirse muy cansada, empezó a pestañear cada vez más lento, pero en su último pestañeo le pareció escuchar algo. Muy agobiada y confundida, intentó abrir nuevamente los ojos para ver quién había hablado, pero se sentía muy cansada para abrirlos. Esta vez escuchó claramente lo que le decían: "¿Qué haces? ¿Por qué lo haces?" Su corazón comenzó a palpitar aceleradamente, no podía lograr distinguir aquella voz, pero el eco de la misma le hacía sentirse diferente, sentía escalofríos y comenzó a despertar poco a poco. Al momento de abrir los ojos pudo observar que en aquel baño solo estaba ella en aquella bañera llena de su sangre. De pronto, a su mente comenzaron a llegarle miles y miles de imágenes de su familia, de sus éxitos como maestra, las metas alcanzadas y los rostros de cada uno de sus hijos, familiares y principalmente el de su esposo. Entonces pensó: "¿Por qué terminar con mi vida? Acaso no es algo que siempre le enseñé a mis hijos, seguir viviendo. Sí, en la vida hay muchos tropiezos, pero he tenido mucha felicidad y muchas bendiciones, todavía me faltan muchas cosas por experimentar, por vivir, por sentir..." Su análisis interno se detuvo ante el desmayo que tuvo por la pérdida de sangre. Mientras se desvanecía, con la mano derecha, con la cual había hecho el último intento de alcanzar su pañuelo, retrocedía hacia el oscuro color rojo de aquella casi desbordada bañera.

Al caer la mano en el agua, el agua salió de su ovalada prisión derramando gran parte de la misma en el suelo y llamando la atención de su esposo, quien se dirigía hacia la habitación. Tan pronto comenzó a acercarse hacia el baño, alcanzó a divisar un leve color rojo que comenzaba a salir de la puerta. Rápidamente se lanzó sobre la puerta, derribándola. Cayó sobre la misma, mientras su mirada atónita y desesperada no podía asimilar lo que estaba viendo. Como pudo, se dirigió a la bañera y ató con toallas ambas manos de Sandra. Intentaba detener la sangre y salvarla.

Al cabo de tres días, los ojos de Sandra volvieron a abrirse nuevamente. Cuando los abrió, estos se inundaron de la luz del sol que penetraba por aquella ventana de hospital que le quedaba a su lado derecho. A su vez, su nariz percibió un agradable olor a rosas —sus favoritas— y cuando dirigió su vista hacia el frente se topó con sus tres hijos y su esposo, deslumbrados por la emoción de verla despertar. Se sintió tan emocionada por que su vida no había terminado en aquel mar de sangre. Comenzó a pedirles perdón por el error que había cometido. Ninguno de ellos le reprochó, todos corrieron hacia ella y la abrazaron, mientras lloraban de la alegría que su madre seguía con vida.

Al regresar de ese recuerdo, se encontraba sentada en el mismo sofá y el álbum de recuerdos sobre sus piernas. Se quedó pensativa unos momentos, mientras palpaba las heridas y sonrió mirando la foto de su hijo, diciendo: "Que ironía mi Luisito, tu partida me enseñó a amarme más y entender que falta mucho para que seguir viviendo". De esa forma, cerró el álbum, lo abrazó, y poco a poco se levantó de aquel sofá dirigiéndose hacia aquel enorme pasillo. Al llegar a su habitación, se dirigió hacia la mesa de noche, y guardó aquel valioso tesoro del cual tanto había huido. Pero sabía que ese día era diferente, sabía que desde ese día en adelante siempre sería diferente.

En esta historia podemos ver claramente como el rumbo de la vida misma se encargó de demostrarle a Sandra que aún tenía mucho para qué seguir viviendo. Si analizamos esta historia, podemos describir con claridad los factores por los cuales Sandra cometió el error de intentar "escapar de su realidad". Visiblemente, ante la pérdida de un ser querido como lo fue la muerte de su hijo, los síntomas de depresión y su inhabilidad para descansar, fueron alguno de los factores que impulsaron a Sandra para esta toma de decisión. Aunque son pocos los síntomas, como te había mencionado en el capítulo anterior, no se deben dejar pasar por alto para evitar que algo parecido ocurra. Lo importante es que Sandra entendió el para qué de seguir viviendo, descubrió y entendió que la vida tiene obstáculos, situaciones que puedan hacerle caer, tropezar y retroceder, pero que son situaciones que las experimentamos porque podemos superarlas y salir hacia adelante. Entendió que la pérdida de su hijo y luego la de su esposo, no eran razones para terminar con su vida. Eran situaciones por las cuales tenía que aprender lo que es el dolor, la ausencia, la superación, la sobrevivencia y la esperanza. En su lecho de muerte, escuchó una voz que no se supo de dónde provino, pero ¿no habrá sido su inconsciente? Otras personas podrían asegurar que era su hijo quien intentaba salvarla, quizás la voz de Dios o de un Ser Supremo, pero, ¿y si era una parte de ella que no aceptaba rendirse? ¿Y si fuera esa fuerza vital (resiliencia) o ese poder (motivación) que todos tenemos que nos mantiene en pie de lucha? Se podría decir, que en cierta forma, una parte de sí misma quería vivir, deseaba mantenerse en pie de lucha; una parte de ella estaba dispuesta a seguir experimentando lo que la vida le tenía que ofrecer. Aquello que inundó su ser en su totalidad, cuando despertó aquella mañana en la habitación del hospital. Descubrió la belleza que le rodeaba, la luz cálida del sol que le acariciaba suavemente su rostro para despertarla de su sueño. Aquel inigualable olor a rosas frescas que perfumaron su cuerpo y su habitación durante el tiempo que su cuerpo y su mente debatían por sobrevivir. Vio los rostros de sus familiares llenos de esperanza y alegría. Quienes fueron las últimas imágenes que tuvo en su mente antes de desvanecerse, ahora eran los primeros en aparecer frente a sus delicados ojos. Entonces descubrió que tenía mucho para qué vivir, reconoció de inmediato que aquel "escape de su realidad" solo era eso, un escape de una persona cobarde, de una persona que no se valora lo suficiente como para aceptar que como ser humano, no estaba exenta de no aprender lo que era sufrir y de caer en el abismo profundo de la incertidumbre. Había conocido casos en los que muchas personas perdían prácticamente todo en la vida, sus padres, dinero, trabajo, hijos, reputación, todo. Sin embargo, eran personas que decidieron hacerle frente a lo que les tocaba vivir y optaron por no rendirse, se pusieron de pie, curaron sus heridas y siguieron caminado. Nuevamente tropezaron en su incansable caminar y nuevamente se pusieron de pie con más fuerza y rapidez. Miraban las cicatrices, como hizo Sandra, que les hacía recordar que eran sobrevivientes de muchas situaciones difíciles que les hacía entender cuán exitoso pueden llegar a ser en la lucha contra la adversidad.

Eso es lo que exactamente necesitamos entender. La vida no se termina. La vida no tiene porque terminar con una tragedia, ni tampoco cuando hay una situación difícil, o se presenta un evento muy doloroso como una pérdida. Esa es la señal de que no somos dioses, somos mortales; somos seres humanos de carne y hueso que sentimos, padecemos; somos seres que estamos vivos. Cualquier situación, por más pequeña que parezca para algunos, significa la trascendencia de su vida a otro estado de existencia. Un ejemplo claro de esto es el *efecto mariposa*. El revoloteo o agitar de las alas de una mariposa en África pueden provocar un tornado en el área del Caribe. Suena increíble, pero sin embargo, tiene su aplicación en la vida. Esto resume que cualquier cambio por mínimo que sea, puede provocar consecuencias mayores. Lo que para una persona es una simple situación de cambio, para otras será el cambio absoluto de su vida. Lo que pensaste que solo te afectaría a ti (utilizar el escape de tu realidad), de repente afecta a toda tu familia directa, como hijos, padre y madres; también afecta a tus parientes, tíos, primos; afecta a tus compañeros de trabajo, a tus vecinos, a tus maestros, a tus amistades, a tus conocidos, a extraños que supieron de la noticia, entre tantos otros (repasa el ejercicio del Apéndice D). En vez de invertir tu energía, tus fuerzas y tus ideas en realizar un cambio mínimo que repercute en un cambio enormemente negativo, invierte la energía para que ese cambio enorme sea de beneficio y ayuda para ti y para otros.

Es importante recordar: que al agitar tus alas en tu vida, los cambios rompan esquemas y marquen trayectorias, porque no eres solo un grano de arena que ocupa espacio, eres un grano de arena que forma parte de una base que recibe al océano inmenso. Eres un ser humano con talentos, virtudes y dones que te hacen único, como cada grano de arena es diferente al otro. Por tanto, el para qué seguir viviendo tu vida, lo conoces tú. Pero tienes que reconocerlo, tienes que aceptarlo y decretarlo. Como has aprendido en este libro, ya sabes en qué momento de tu vida te encuentras, conoces tus motivadores, sabes cuáles son las cualidades que te hacen diferente y especial, conoces el poder de la resiliencia, eres un sobreviviente o te convertirás en un sobreviviente, así que solo queda escoger como alternativa el seguir viviendo, el no rendirte e identificar y buscar sentido a la vida. Piensa en todo aquello que deseas conocer, alcanzar, sentir, disfrutar, experimentar, comprobar, investigar, saber, aprender y sentir. Piensa en aquello que realmente te hace sentir feliz, sin miedo, sin confusión, sin ansiedad, sin estrés, y dirige tu rumbo directamente hacia eso. Piensa en aquellas personas que significan mucho para ti y que no te han hecho daño, en aquellos que sí lo hicieron y perdonaste. Piensa en todo lo que has pasado y lograste salir airoso, y lograste sobrevivir, y con ello te has convertido en alguien más sabio más experimentado. Piensa que debes seguir viviendo porque no hay razón para dejar de hacerlo, hasta que llegue el momento, pero no como una alternativa porque sabes que no es así, sabes que no es un acto de valentía. Por el contrario, constituye un acto de cobardía, un simple "escape de la realidad". Sin embargo, es un escape hipotético porque si no tienes fe no sabes lo que te espera después que cometas el error. Mas si tienes fe, sabes que existen consecuencias que resultarían ilógicas y absurdas desearlas para sí mismo. Cualquiera de las dos alternativas que te plantees, no puedes considerar ni el dejar de existir ni el dejar de luchar. Ten presente que no todo en tu vida ha sido dolor; y si aún piensas de esa forma, es porque simplemente aún sigues dándole importancia a lo negativo, te aferras al pasado, a los recuerdos que te provocan tristeza y dolor. Y no te detienes a pensar que eso no te ha dado resultado hasta el día de hoy; o ¿habrá tenido algún efecto fuera de angustiarte y mortificarte más? ¿De qué te ha servido valorar lo negativo de tus experiencias, resaltar los recuerdos traumáticos o dolorosos que sufres una y otra vez? Solo para mortificarte y castigarte, porque lo que haces es entrar en un círculo vicioso de dolor, tristeza, culpabilidad, miedo y así se repite la rueda, como el diagrama que te presento a continuación. Puedes observar bien que todos esos sentimientos están girando alrededor de esos recuerdos constantes que solo causan sufrimiento y angustia. Tus recuerdos negativos te llevan a entrar en un círculo vicioso e interminable que corre desde tristeza al dolor, del dolor al miedo, del miedo a la culpa y de la culpa nuevamente al dolor.

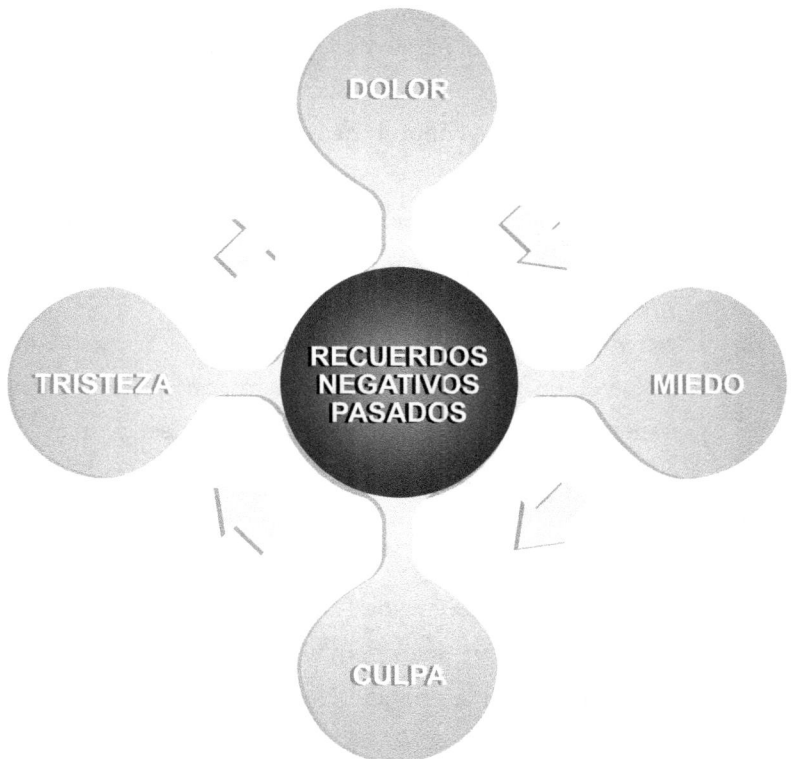

Figura 1: *Ejemplo en gráfica de cómo el revivir los recuerdos negativos del pasado evocan el mismo ciclo de emociones y sentimientos que le impiden a la persona seguir hacia adelante.*

Somos responsables de nuestros actos, de lo que permitimos que nos afecte. Luego que lo permitimos, también somos responsables por el no hacer nada para modificarlo. No pienses que no sabes para qué seguir viviendo, si entiendes que careces de:

1. **Pareja:** A veces, en el momento que menos esperamos, esa persona que tanto deseas que llegue a tu lado, aparece, y ni

siquiera estabas pensando en eso. En ocasiones, logras que la persona que te interesa se fije en ti y te das cuenta que no era lo que realmente esperabas. Por el contrario, en ocasiones te aferras a alguien que no siente lo mismo por ti, pero aún así te mantienes ahí, te rehúsas a seguir tu vida. Dedica tiempo a aprender de ti, a conocer tus limites, tus habilidades, lo que estás dispuesto a dar y lo que estás dispuesto a soportar. Así, cuando llegue el momento de tener una pareja, estarás preparado y a su vez, sabrás cómo llevar la relación.

2. **Dinero:** El materialismo es un tema que mencionamos brevemente en uno de los capítulos anteriores. Debes tener presente que el dinero es un objeto necesario, pero no determinante para la felicidad y el bienestar emocional y físico. Necesitamos dinero para adquirir comida, vivienda, vestimenta, y tantas otras cosas. Pero la vida misma ha demostrado que en la mayoría de las ocasiones, las personas adineradas reportan mayor infelicidad que personas con escasos recursos. Por lo tanto, es algo que debe estar en segundo plano.

3. **Preparación:** Hoy día existen muchas personas que no han requerido de un doctorado para lograr sus metas o ser personas de bien y ser felices. Otras personas rompen relaciones, o inclusive evitan tener una, porque no se sienten desarrollados a nivel profesional y se sienten menos que los demás. Conoce qué eres capaz de hacer y no te quedes de brazos cruzados. Si te sientes que no estás lo suficientemente desarrollado a nivel profesional y tienes la oportunidad de cambiarlo, puedes decidir crear cambios y buscar las alternativas y ayudas para

cambiar ese destino, pero siempre ten presente que cualquier posición, ocupación o empleo son decentes y deben ser respetados y valorados. Comienza a valorar el tuyo y el de los demás, y verás cómo los demás comenzarán a valor el tuyo.

4. **Salud:** Cantidades exorbitantes de personas sufren de enfermedades, impedimentos, condiciones terminales y aún así descubren el valor de su vida, el propósito de la misma, y realizan la diferencia. No permiten que estas barreras le dicten lo que deben hacer, por el contrario. Han ocurrido casos en que personas con enfermedades terminales han logrado salir de las garras de la misma porque no se rindieron, tuvieron fe y esperanza, dos armas poderosas. Personas con impedimentos, sin brazos, piernas, pueden ser excelentes deportistas, pintores, músicos, maestros. ¿Por qué debes ser tú diferente? Nunca olvides ese mensaje, que aunque anónimo, no deja de ser maravilloso por la gran lección que encierra. Dice así: *Hoy, viajando en un autobús vi una hermosa muchacha con cabello de Oro, y expresión de alegría; envidié su hermosura. Al bajarse, la vi cojear. Tenía solo una pierna, y apoyada en su muleta, sonreía.* ***Perdóname señor, cuando me quejo. Tengo dos piernas y el mundo es mío.*** *Fui después a comprar unos dulces. Me atendió un muchacho encantador. Hablé con él; parecía tan contento que aunque se me hubiera hecho tarde no me hubiera importado, ya que al salir, oí que decía: Gracias por charlar conmigo... es Usted tan amable, es un placer hablar con gente como usted... Ya ve, soy ciego.* ***Perdóname señor cuando me quejo. Puedo ver y el mundo es mío.*** *Más tarde, caminando por la calle vi a un pequeño de ojos azules, que miraba jugar a otros niños, sin saber qué hacer. Me*

acerqué y le pregunté: ¿Por qué no juegas con ellos? Siguió mirando hacia delante sin decir una palabra... entonces comprendí que no escuchaba. **Perdóname señor cuando me quejo. Yo puedo escuchar y el mundo es mío.** *Tengo piernas para ir a dónde quiero... Ojos para ver los colores del atardecer... Oídos para escuchar las cosas que me dicen. Por eso hoy aprendí, como tú también debes aprender, la siguiente importante lección:* **no le digas a Dios cuan grande es tu problema... dile a tu problema; cuan grande es tu Dios.**

5. **Ser querido:** La pérdida de un ser que amamos puede derrumbar hasta al ser más fuerte y seguro de sí mismo. ¿Por qué? Porque somos humanos, pero sustituir el dolor y la tristeza por la preservación de recuerdos llenos de alegría con esa persona que ya no está, te dará el control de la situación para que puedas superar el proceso de duelo. Es importante que tengas presente que la meta final no es olvidar a ese ser querido, es recordarle sin dolor. Es, por el contrario, recordar todas experiencias hermosas que compartimos con este ser especial, que nunca se apartarán de nosotros, y se convertirán en nuestra fuerza y empuje de vida.

6. **Fe:** Muchos han experimentado una tendencia a perder la fe ante la adversidad y ante la sensación de que el resultado que obtuvimos no era el deseado. Muchas personas que han vivido sufrimiento y dolor por mucho tiempo en su vida, pueden llegar a perder la fe. También muchas personas jamás han conocido lo que es tener fe o tener una creencia, depositar la fe en dicha creencia. La fe da confianza y fortaleza, y así como he establecido anteriormente, es un arma poderosa que puede llevarte a realizar cambios que jamás pensaste hacer.

Sin embargo, aquel que no la conoce, no puede decir qué representa tener fe, ni hablar de cuál puede ser su beneficio. Entonces, ¿por qué no intentarlo? Nunca es tarde para comenzar a creer y tener fe en nosotros mismos, en la vida, en la humanidad, en Dios o en un Ser Superior. Tú decides: la fuerza, el poder, la valentía está de tu lado, pero debes comenzar a cambiar de inmediato, y demostrarte que si en algún momento de tu camino perdiste la fe, ahora con lo que has aprendido en este libro, reconsideras tu decisión y estás dispuesto a crear cambios: a dirigir tu vida en una dirección optimista y positiva.

7. **Experiencias positivas:** Sientes que en la vida todo lo que te ha ocurrido ha sido negativo, triste y sin méritos de disfrute. En uno de mis casos en terapia, una mujer sobreviviente de violencia doméstica me dijo: *"Ahora que ha pasado tanto tiempo, me doy cuenta que sí tenía momentos de felicidad. No todo era golpes, insultos, violaciones y miedo. Ahora veo claro los momentos de mi felicidad... el nacimiento de mis hijas, el día en que me casé, los cumpleaños... creo que he sido muy dura conmigo... yo misma me acostumbré a sufrir tanto que no veía nada fuera del dolor".* Hasta dentro de casos tan severos como lo que puede ser la violencia doméstica, hay personas que pueden recordar experiencias positivas. Solo hay que escarbar un poco entre todo el sufrimiento y sacarlos de donde los hemos enterrado, tirando tanto dolor encima de estos recuerdos hermosos y felices. Así que cuando te inunde el dolor, debes rebuscar en tu interior estas experiencias lindas, positivas y felices, y entonces te darás cuenta que hay razones de más para seguir

viviendo y disfrutar de otros momentos de felicidad que de seguro podrías experimentar.

8. **Suerte:** La famosa suerte, muchas personas creen en el azar. Muchas otras hacen juicios erróneos al atribuirle a la suerte experiencias o situaciones que se dan por coincidencia o por casualidad. Las coincidencias, como las casualidades, no existen. Todo en la vida tiene un propósito y una enseñanza positiva, solo tienes que descubrirla. Las situaciones que se te presentan no son otra cosa que oportunidades sincronizadas, dirigidas para alcanzar nuestras metas. Por tanto, no puedes basar tu vida esperando tus coincidencias, debes enfocarte en alcanzar lo que te propongas (basado en la realidad) y sigue, que la vida se encargará de que las circunstancias se susciten y las cosas ocurran al momento que deben acontecer. A veces nos enfocamos tanto en que ocurra esa suerte, que dejamos pasar los pequeños ingredientes que necesitamos para lograr lo que esperamos obtener, por suerte. Para aquellos que tienen una creencia en un Ser Espiritual, Superior y Divino, descansa confiadamente con fe que no importa lo que pueda suceder o por dónde camines, este Ser te fortalecerá y conducirá a la victoria: entiéndase salir del dolor, depresión, angustias, ansiedades, sufrimientos, estrés.

Ya te has dado cuenta que el no tener estas cosas o el no experimentarlas, no quiere decir que no tengas razón para seguir viviendo. La razón principal de tu vida eres tú mismo. Muchos autores, entre estos Rick Warren (2003), indicarían que el pensar en nosotros como protagonista principal es ser un tanto egoísta, porque debemos servir y pensar primero en Dios y para Dios. Yo difiero en este punto, aunque respeto y admiro mucho sus escritos. Aquellos que tienen fe y conocen de Dios y/o Ser Supremo saben que necesitan de Él y le sirven a Él. Pero no considero que seamos egoístas al colocarnos en primer plano, porque al dedicarnos tiempo a nosotros mismos, conocernos y entendernos, nos guiará a saber hacia dónde dirigirnos y cómo alcanzar la felicidad y la eternidad hacia Dios. Para aquellos que creen en Dios, el uso vital de la fe en Él te llevará a creer que no importa lo que pueda suceder, Él te fortalecerá y conducirá a la victoria (Filipenses 4:13; 1 de Juan 5:4).

Por otro lado, en este punto, no puedo cerrarle el camino a aquellos que no conocen la fe, que no han descubierto el don de creer. Pero tampoco tengo que aceptar como justificación a todas las personas que no quieran continuar luchando, todas las excusas que han utilizado al momento. Esa no es la idea con la que decidí dirigirme a ti con este escrito. En este libro trato de ofrecerte una guía básica de cómo aprender a vivir pese a los tropiezos y golpes que en muchas ocasiones no entendemos ni queremos aceptar. Así que nuevamente te invito a que sigas adelante en tu lectura. Si ya has llegado hasta este capítulo, todo debe estar desarrollándose con un sentido diferente, las cosas tienen más lógica y parecen tener un rumbo que antes no conocías o que no estabas seguro si era el correcto. Ahora sabes qué hacer, cómo hacerlo y cómo manejar tus emociones durante el proceso, porque por fin has decidido tomar el guía de tu vida, lograrás tomar el rumbo que siempre deseabas alcanzar.

Ejercicios:

1. Repasa nuevamente el caso de Sandra. ¿Qué harías tú en su situación?

2. Utiliza el diagrama del Apéndice D para que establezcas quién o quiénes pudieran afectarse al decidir "escapar de tu realidad".

3. ¿Si tuvieras la oportunidad, como la tuvo Sandra, de vivir, qué harías primero?

4. Haz un listado de tus razones para seguir viviendo.

5. Colócalas en un lugar visible, así podrás recordarlas siempre que sientas estar desenfocado en tu vida.

6. Realiza un *contrato de vida* (Vea Apéndice C para ejemplo) en donde te establezcas a ti mismo el valor y la importancia de tu vida y el compromiso de seguir viviendo.

Capítulo X:
El propósito de tu vida

Una vez finalizaste el capítulo nueve, ya puedes darte cuenta y establecer cuál es el sentido de tu vida, para qué sigues viviendo o para qué debes seguir viviendo. Se confunden mucho los conceptos del *sentido de la vida* con el *propósito de la vida*. Pueden pasar años de tu vida, puedes vivir toda una trayectoria y al llegar a tus noventa años, no saber responder a estas preguntas. ¿A qué crees que se deba esto? ¿Por qué muchas personas mueren sin conocer el sentido de su vida? Existen miles de respuestas a estas interrogantes. Recuerda que ninguna de estas son justificaciones para no encontrarle sentido a la vida, son solo obstáculos que debes enfrentar y aprender de ellos. Una vez trasciendas en el conocimiento y entendimiento de cada obstáculo, podrás realizar cambios definitivos en tu vida. Primero, es importante que podamos definir lo que significa *el propósito* en el contexto de la pregunta, o sea en lo que deseamos saber. Puede decirse que *el propósito* significa la finalidad o intención que se desea alcanzar. Podemos decir que esta definición estaría hablando de una meta, de cuál es el fin u objetivo para el cual existimos o llegamos a este mundo. Para que puedas diferenciar el propósito del sentido de vivir, basado en este escrito, los definiré de la siguiente forma. Me refiero al sentido de vivir —como se explica en el capítulo anterior— el mismo debe contestar la pregunta *¿para qué?* del vivir. Mientras que el propósito debe contestar la pregunta *¿por qué?* del vivir. ¿Por qué estás vivo, por qué eres tú y no hay otra persona en tu lugar? ¿Por qué Dios te seleccionó a ti? En caso de que no tengas creencia en un Ser Superior, te preguntarás: ¿por qué existes? ¿Cuál es tu misión en este mundo? No debes dejarte llevar por la espera, ni la incertidumbre que provoca ese estado donde los eventos se extienden por mucho o por el contrario, duren poco, a eso que le llamamos *tiempo*.

El tiempo es uno de los principales protagonistas de nuestra vida. Es además, una de las excusas más comunes entre las personas. ¿Por qué pasa esto? Porque prácticamente todo está regido por el tiempo, nuestro diario vivir, nuestro trabajo, el tránsito, nuestras comidas, citas, reuniones, la mayoría de las cosas por no decir todas. Una gran parte de las personas siempre consideran que el tiempo es muy breve, que pasa muy rápido para todo lo que tienen o deben hacer. Por el contrario, también hay muchas personas que consideran que es demasiado extenso, sin embargo, aunque suene contradictorio, las demandas de su vida son tantas que apenas les alcanza para realizarlas todas. Sea cual sea tu idea o noción del tiempo, debes tener claro que el tiempo de vida es limitado. Tenemos una fecha de expiración que no conocemos, pero que sabemos que es una realidad. Todos tenemos una fecha de expiración porque no somos eternos, sabemos que vamos a morir, pero no conocemos cuándo. Con esto no pretendo que comiences a preocuparte. Solo deseo que tomes conciencia y decidas crear cambios. Debes reflexionar que la vida es relativamente corta, por lo que sería ideal que decidas realizar los ajustes pertinentes para disfrutarla al máximo. No esperes que siga pasando el tiempo, para luego quejarte o lamentarte por lo que te faltó por hacer; por aquello que siempre deseaste y no hiciste; por esas cosas que no pudiste lograr o las cosas que pospusiste para realizarlas más tarde, pero nunca llegaste a hacerlas. No esperes que siga pasando el tiempo para luego quejarte por no llegar a conocer a personas que deseabas conocer o compartir algún momento importante de tu vida; el poder viajar a algún país que deseabas conocer o incluso, tan simple, como ir a un restaurante a comer esa comida tan deseada para ti, como por ejemplo, una langosta. Aprende de una vez a reconocer el sentido de vivir, el sentido de tu vida, y más aún, el propósito de la misma.

Hasta este capítulo has podido reconocer varios aspectos de tu vida y/o situaciones que requieren que modifiques, cambies, evites o descartes algunas costumbres, actitudes, hábitos o formas de pensar que hoy por hoy son las que mantienen en estancamiento tu situación actual de vida. Quiero que pienses bien en lo que has vivido. Medita en las cosas que has experimentado y lo que has disfrutado, las cosas que has perdido y lo que has aprendido. Imagina que tu vida es un enorme bizcocho (pastel o torta), piensa que se encuentra frente a ti y que tienes el poder de dividir el mismo en aspectos de tu vida que entiendes deben ser una prioridad. Por ejemplo, la familia puede ser un aspecto importante en tu vida, la economía es otro aspecto que puede ser significativo, la salud, como también el amor, la espiritualidad. Para empezar, debes pensar en estos aspectos. Luego debes seleccionar tus prioridades actuales. ¿Cuál es tu enfoque actual en tu vida? Una vez hayas seleccionado y organizado las prioridades de tu vida, entonces procede a ponerlas en los pedazos del bizcocho. Para ello, recuerda observar el tamaño de cada porción y de acuerdo a éste, entonces asigna el aspecto seleccionado como prioridad y el por ciento asignado a esa prioridad. Con esto tendrás una idea más acertada de qué aspectos de tu vida están ocupando más tu tiempo, y a cuál de ellos debes dedicarle mayor número de horas del que le dedicas. Esto lo puedes hacer comenzando a restarle tiempo a aspectos que no deben tener tanta atención o que no deben ser prioridad.

Observa el siguiente ejemplo para que tengas una idea más clara de lo que pretendo que te des cuenta. Busca el Apéndice E para que encuentres el ejercicio en blanco, y puedas practicarlo luego que observes el ejemplo a continuación:

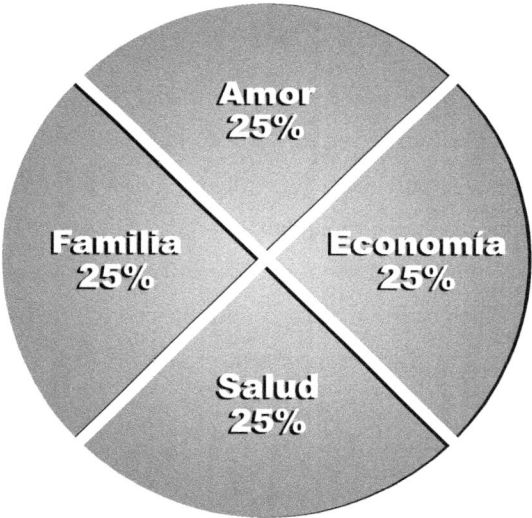

Figura A: *Cuatro partes iguales, 25% cada uno.*

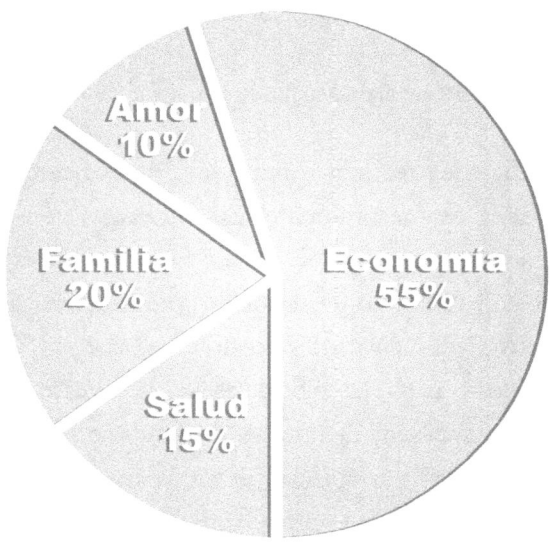

Figura B: *Cuatro partes diferentes, los por cientos varían.*

Al observar las figuras A y B nos damos cuenta que ambas personas piensan que sus aspectos principales son la familia, salud, economía y el amor. En la figura A observamos cue esta persona entiende que posee un balance adecuado en todas sus prioridades. Sin embargo, en el ejemplo de la figura B, esta persona establece que dedica mucho tiempo a su nivel económico ya que cuenta con un 55% en éste, pero sin embargo en el aspecto de amor solo tiene un 10%, en familia un 20% y salud un 15%. No existe un balance adecuado en ellas. Esto no quiere decir que la persona no tiene pareja o no está casado porque solo tiene un 10%. Esto podría sugerir que solo le dedica un tiempo mínimo a esa prioridad. Por otro lado, se observa que a nivel económico es una persona muy enfocada en ese aspecto ya que posee un nivel alto con un 55% en términos de sus prioridades. Estas figuras solo indican:

1. Cuáles son las prioridades de la persona.

2. El por ciento de tiempo que le dedica a las mismas.

No especifica qué realmente necesita o de qué carece en cuanto a sus prioridades en ese momento. Sin embargo, con el siguiente ejercicio, al que entrenadores de vida y/o motivadores llaman "la rueda de la vida", cada uno de nosotros podrá identificar cómo nos sentimos desarrollados en cada uno de esos aspectos. Me tomé la tarea de identificar varios ejemplos de esta *rueda* (Véase ejercicio en el Apéndice F, para la página de internet de donde se adaptó el ejercicio de la rueda de la vida) y adapté la misma ubicando los aspectos que a través de este libro hemos visto y que forman parte esencial de nuestra vida.

Observa detenidamente la misma en el Apéndice F y compárala con la que tú mismo realizaste en el ejercicio del Apéndice E en la cual no se presentan las mismas cantidades de prioridades. Primero, identifique sus aspectos y prioridades. Luego, tómate el tiempo que estimes necesario para analizar detenidamente cada aspecto que aparece en la misma. Ubica cada uno de esos aspectos en tu vida, en el presente. Deberías puntualizar la misma, basado en tu vida antes de comenzar a leer el libro, para que una vez comiences a realizar los cambios, vuelvas a aplicar el mismo ejercicio para observar las diferencias.

Ahora bien, observa cada uno de los pedazos de este pastel, el ejemplo anterior (Figuras A y B), solo sugerían como prioridades en la vida cuatro aspectos: el amor, la familia, la economía y la salud. En este ejercicio, son ocho los aspectos de vida, que entiendo, son los más identificados por las personas y son los que a través de este escrito, se han podido señalar. El número diez en cada extremo de las líneas que dividen el pastel, significa la escala del cero al diez que representa cada porción.

Por ejemplo, si sientes que tu salud está muy delicada, que tienes preocupación por ella, o está descuidada por completo, puedes asignarle un valor entre el 0 al 10, significando que el cero es ausencia de salud y diez es saludable completamente. En este ejercicio la suma de los pedazos del pastel no debe ser 100. Puedes considerar el total máximo de un 80%. Ese por ciento representa la vida, su totalidad en base a los ocho aspectos. De hecho, si tienes más aspectos, por ejemplo, uno más para un total de nueve, entonces tu total o máximo sería 90%. Recuerda que puedes añadir tantos aspectos importantes que tengas en tu vida, pero debes también totalizar ese por ciento. Una vez has hecho el ejercicio en el Apéndice F obsérvalo con detenimiento. ¿Hiciste el ejercicio basándote en tu vida antes de leer el libro (como te sugerí) o después de llegar hasta este capítulo? ¿Relacionas tus situaciones difíciles con las áreas que menor puntuación le otorgaste? ¿Ahora que le has encontrado el sentido a la vida, el sentido a vivir, crees que esa rueda puede cambiar de puntuación? Entiendes que puede mejorar o ha mejorado, ¿verdad? Estoy seguro que sí, porque has aprendido a reconocer, modificar, evitar, superar, transformarte e identificar tu vida de una manera diferente a lo que te has acostumbrado a hacer. Si al llegar a este punto no has intentado los cambios, entonces ¿qué esperas?, inténtalo ya, no pierdas ni malgastes tu preciado tiempo. Si no lo intentas, no sabrás si realmente funciona para ti, porque para muchos otros sí les ha funcionado.

Lo importante de reconocer, entender y aceptar esta enseñanza, es que la misma nos lleva hasta este último punto a discutir; a este último ingrediente que necesitas para transformar tú día a día, tu rumbo en la vida. La respuesta a la pregunta que nos hemos hecho todos los seres que tenemos razón y juicio en algún punto de nuestra vida, *¿Cuál es el propósito de **mi vida**?*

¿Recuerdas el capítulo titulado: *Marcando la diferencia*? Este capítulo te ayudará a responder más claramente esta interrogante, además de todo lo que has aprendido según has estado leyendo este libro. Debes enfocarte en las cualidades que te hacen ser un ser único e individual. Recuerda que habíamos establecido que todos tenemos cualidades, habilidades, capacidades o virtudes que nos hacen ser únicos. Desde pequeños y durante nuestro desarrollo a través de la vida, muchas personas nos han hecho saber y han podido identificar en nosotros ciertas cualidades especiales. Piensa detenidamente, si es que aún en el Capítulo VII no conseguiste reconocer aquello que te hace especial, ciertas cualidades que consideras poseer y que haces de forma excelente. Por ejemplo:

1. **Capacidad para comunicarte, para escuchar y entender a otros:** Desde joven o desde hace tiempo, muchas personas te han hecho el acercamiento para confiarte sus situaciones, sus miedos y preocupaciones. Quizás te has dado cuenta la satisfacción que te provee el sentarte a disfrutar de una conversación con otros y de hacerlos sentir mejor.

2. **Capacidad para dar importancia a la diversión y ejercer el buen humor, para entretener y hacer reír:** Las personas disfrutan de tu presencia, de tus ocurrencias y siempre desean

que formes parte de sus reuniones, aún cuando se sienten con un estado de ánimo bajo. O tal vez tú disfrutas ver a la gente reír por tus comentarios y sientes satisfacción cada vez que lo haces.

3. **Capacidad y habilidad para demostrar creatividad, iniciativa e invención:** Muchas personas acuden a ti para saber tu opinión, para tener ideas innovadoras o para que le des tus recomendaciones sobre algún tema en particular. De igual forma, te encanta crear, inventar y presentarle al mundo tus creaciones y te provoca satisfacción la mera creación de estas.

4. **Capacidad para una interacción social efectiva:** Tu capacidad para relacionarte con otros, para explicarle, dirigirles, manejarles, entre otras, parece ser tu pasión. Disfrutas cada momento en público, cada actividad que requiera comunicación con múltiples personas o culturas.

5. **Capacidad para desarrollar liderazgo, ser un buen líder:** Acuden a ti varias personas para que dirijas proyectos, actividades, pequeños grupos, corporaciones, conferencias, entre otras. Te apasiona estar al mando, dirigir y ser un líder.

En fin, existen un sin número de cualidades como las que te he enumerado, con las cuales podrías identificarte y lograr reconocer cuáles podrían ser tus virtudes, esas cualidades especiales que solo tú tienes.

Pero, ¿qué tiene que ver esto con el propósito de tu vida? Es bastante sencillo, tus dones, las cualidades que te hacen único, son las herramientas que posees para lograr tu propósito en la vida. Son aquellas cualidades con las que te has desarrollado para ejercer tu propósito de vida. ¿Cuál puede ser? Mira el siguiente caso:

"Desde joven recuerdo que siempre los demás acudían a mí para contarme sus situaciones, sus problemas, sus miedos o simplemente confiarme algún secreto. Muchas otras personas, familiares, conocidos, recalcaban el don que aparentaba tener, de escuchar, comprender y tener empatía ante las situaciones de los demás. Claro está, esto no definió cuál sería mi meta a seguir, pero me indicaba siempre lo bien que me sentía ayudando a los demás, escuchando su situación e intentando ofrecerles alternativas. Según pasaba el tiempo, me di cuenta cuánto me apasionaba el poder trabajar con las situaciones de los demás y aún más, cuando entendía que los había ayudado. Según los valores que me inculcaron, aprendí a dar sin esperar nada a cambio, y siempre poner mi granito de arena para crear cambios. Fue entonces que entendí que mi propósito en la vida trascendía cualquier bienestar propio, cualquier meta material que me hubiese propuesto. Ya que esas cosas no me llenaban, no me satisfacían ni me apasionaban, solo eran cosas pasajeras. Mi propósito en la vida es ayudar a los demás, ofreciéndoles las herramientas que poseen, pero que aún no han descubierto dentro de sí mismos, para que puedan resolver sus situaciones. Para poder cumplir con el propósito, con el por qué estaba en este mundo, decidí dedicarme a una profesión que me ofreciera la oportunidad de aprender estrategias dirigidas a optimizar y mejorar mis dones. Me dediqué a estudiar el comportamiento o conducta humana, estudiando un Doctorado en Psicología Clínica. Hoy día soy Psicólogo Clínico y me dirijo a todos ustedes

a través de éste, mi libro. Que sirve como una herramienta
más de ayuda para todos los que estén interesados en recibirla".

Así como lo presenté suena muy bonito, se dirán muchos de ustedes al leer estas palabras, pero claramente fue un camino lleno de obstáculos, situaciones difíciles, errores, buenas y malas decisiones, entre muchas otras cosas. Cada nuevo día para mí significa un día más de vida, para dar lo mejor de mí, para enmendar los errores que puedan ser enmendados, para seguir buscando mi motivación, para seguir siendo sobreviviente, para marcar la diferencia y dedicarme a lo que mejor sé hacer, ayudar a los demás. Quizás muchos de ustedes tengan dudas, sientan miedos, o simplemente no saben por dónde empezar. Si tienes este libro en tus manos, significa que has dado el primer paso. Si has leído hasta este punto, tienes herramientas suficientes para seguir dando cada paso y crear los cambios que necesitas en tu vida. Recuerda que cada persona es diferente, única y especial. Esto significa que tú eres especial, no importa tu situación, no importan tus tropiezos, no importa lo que hayas vivido hasta este momento; tú tienes el mismo derecho que los demás a disfrutar de la vida, a descubrir tu propósito y a balancear tu vida de una forma en la que te sientas realizado. Si aún así no has podido ver con claridad lo que te propongo en este libro, lee con detenimiento el siguiente testimonio de una buena amiga llamada Adabel Rosario.

Siempre he considerado que las casualidades no existen, todo tiene un propósito de ser y el conocer a Adabel no fue una excepción, cuando supe de su existencia, reconocí de inmediato el propósito de conocernos. Pero antes de explicar el por qué de nuestra interacción, quiero que leas con detenimiento lo que Adabel me escribió sobre la vida y su propósito en ella:

"Lo primero que les diré es que mi fortaleza es saber que Dios existe. Tengo Distrofia Muscular. A los 5 años de edad me la diagnosticaron. Empecé la escuela caminando y terminé en silla de ruedas. Con mucha alegría acepto la vida porque así puedo conocer y sentir este regalo de Dios. He tenido tres operaciones en mi vida, la primera fue de la espalda (1990) tenía Esclerosis. La segunda fue de los pies (1991), los tenía virados por mi enfermedad. En esa operación sufrí un paro cardio-respiratorio, supuestamente tuve una reacción alérgica a la anestesia; lo raro fue que abrí los ojos cuando el anestesiólogo me rompió la bata de papel y cuando cogió los electroshock, me fui... Desperté con mi garganta hinchada y mi lengua recrecida. Estaba en recovery; después de eso mi vida continúa. Mi enfermedad es progresiva, a los 24 años sufrí un paro respiratorio, por una broncopulmonía. Estuve en intensivo mes y medio. Me entubaron varias veces para sacarme del ventilador, me desmayaba y despertaba entubada. Me hicieron una traqueotomía (tercera operación) para poder irme a mi casa conectada a un ventilador portátil. Llevo 14 años y medio en ventilador."

Este es un caso real, al igual que millones de los casos alrededor del mundo en donde personas presentan diferentes condiciones y/o enfermedades que les impide realizar actividades que para muchos de nosotros son comunes y las cuales practicamos diariamente. Para Adabel son tareas que no podrá realizar y que como mencionó en una de nuestras conversaciones telefónicas: *"Es como al revés ¿sabes? Muchos no desean trabajar, luchar en la vida; mientras que nosotros daríamos lo que fuera por ser funcionales y trabajar..."* Sin embargo, es muy importante ver cómo Adabel ve la vida, cómo ella la siente. Continúa leyendo lo que nos tiene que decir:

"*La vida es mi tema favorito, a través de ella existo, no me rindo, quiero sentirla hasta el final. Quiero que me abrace y no me suelte. Mi condición no me impide ser feliz. Cada vez que tengo un problema, recurro a mi tesoro; los recuerdos buenos y alegres en mi mente, se me perdió la llave, qué bueno, así nunca saldrán o se perderán. Jesús murió en la cruz para salvarnos de nuestros pecados, no creo justo que si Él murió por nosotros, no querremos vivir por los problemas; el camino de la vida está lleno de piedras, si luchas podrás eliminar varias, es mejor 3 menos que las 10 completas. Mi propósito en la vida es aprovecharla al máximo. No puedo ir a la playa, al cine o al mall, pero no me hace falta, vivo, eso es suficiente; mi traqueotomía no me afea, claro que no, con ella comparto la vida...*"

A pesar de los posibles tropiezos y grandes pruebas que Adabel ha experimentado en su vida, la ama y la valora como regalo de Dios. ¿Acaso consideras tu vida como un regalo, como un regalo de ese Ser Superior? Muchas personas, por el contrario, han llegado a considerar la vida como un castigo, como una condena, como una maldición, como el purgatorio y hasta el infierno mismo. Si has pensado de esa forma, es tiempo que te des cuenta que no estás en lo correcto, que personas con limitaciones no les restan a su felicidad, al contrario, les brindan un día más de esperanza, de dar lo mejor de sí y de disfrutar al máximo. En las siguientes palabras, Adabel expresa el sentido de su vida:

"no estamos solos, todos nos acompañamos, sufrimos, lloramos, reímos, gozamos, amamos, triunfamos, fracasamos, continuamos, sin nada de esto no tuviéramos vida. Por eso tenemos que aprender siempre, porque si naciéramos sabiéndolo todo, creo que no tendríamos sentimientos y tampoco tendríamos fe en Dios, ni fortaleza. Según van pasando los años, nuestra alma va adquiriendo sabiduría, se va llenando de luz y si envejecemos o nos falta un brazo o una pierna, nuestra alma está completa. Date cuenta, aprovecha la vida, no la desperdicies, no pierdas el tiempo".

Este es un excelente ejemplo del ¿para qué vivimos? Es el darnos el todo por el todo, disfrutar, experimentar, compartir y no dejar perder las oportunidades que la vida nos ofrece. Una vez le encuentres ese sentido, puedes dirigirte a alcanzar tu propósito en la vida. Adabel menciona aprovechar su vida al máximo, pero son en las últimas palabras de su carta en donde manifiesta su propósito real y sus dones especiales:

"...tú puedes ayudar a otras personas que al igual que tú, han sufrido. Podemos hacer mucho, compartiendo, regalando de nuestro tiempo a personas con cáncer, HIV, niños pobres, ancianos solitarios. Tu vida vale, como todas las demás; somos iguales... pero tenemos personalidades diferentes y únicas. Dejemos esa huella de nuestra existencia, así seremos dignos... Te amo, Dios, por todo, por la vida, porque pensaste en todos, por la oportunidad de conocernos a nosotros mismos, y por supuesto, a los demás..."

Adabel

Al leer estas palabras, de inmediato me hizo autoanalizar mis logros, mis esfuerzos, mis acciones para con los demás. Adabel ha trascendido en lo que es la comprensión de su vida y el propósito de la misma. Ella existe en este mundo para ser un ejemplo, para ser una guía para aquellos que no han conocido la verdadera felicidad. Su propósito no está basado en alcanzar metas materiales o metas enfocadas en ella solamente. Su propósito va dirigido a ser alguien funcional para con los demás, pero sin dejar de disfrutarlo, sin dejar de vivirlo con intensidad y pasión porque es lo que la llena y le da ánimos de vivir. Adabel está marcando la diferencia. Se ha convertido en una sobreviviente, porque ha superado sus barreras, porque reconoce su situación, pero no se conforma con ella, sigue hacia adelante. En su pasar por la vida, intenta ayudar a todo el que precise de ella.

Es tiempo que tomes las riendas de tu vida, si no estás conforme con lo que estás viviendo, si no sientes que estás realizando lo que te corresponde: cambia. Si entiendes que las experiencias que has vivido año tras año te marcaron, te hirieron, te hicieron caer, ¿crees que seguir sufriendo por un pasado es la mejor alternativa? Claro que no. Cada amanecer tendrá un nuevo significado para ti, ya no será otro día de trabajo, otro día en la misma rutina, otro más de lo mismo. Ahora será *un día más de vida* para...

1. Comenzar lo que siempre deseé comenzar.

2. Decidirme a pensar en mí mismo cuán importante y especial soy.

3. Decirle a las personas que amo cuán importante son.

4. Decirle de forma asertiva y sin ofender a aquellos que me hacen daño: *Se acabó, no más.*

5. Detenerme y no dañar a otros.

6. Procurar el bien común.

7. Cambiar mi ruta diaria hacia mi trabajo.

8. Probar e intentar nuevas cosas.

9. Promover la creatividad, la iniciativa, la autenticidad y la invención.

10. Amar con intensidad.

11. Perdonar.

12. Pedir perdón.

13. Desarrollar y practicar la paciencia y tolerancia para conmigo y con los demás.

14. Reír y sonreír desmedidamente.

15. Cometer un error y rectificar.

16. Desarrollar y practicar la comprensión y el entendimiento para conmigo mismo y con los demás.

17. Soñar y usar la imaginación.

18. Completar una meta.

19. Empezar una meta.

20. Promover el bienestar físico, emocional y espiritual.

21. Abrazar la incertidumbre.

22. Besar, abrazar a otros y dar palmadas de aliento; buscar la manera para expresar oral y físicamente cuánto amor, afecto y cariño le profeso a los que me rodean.

23. Creer y tener fe.

24. Aceptarme como soy.

25. Aceptar a los demás como son.

26. Desarrollar y practicar la humildad y la generosidad.

27. Ser un sobreviviente.

28. Aprender nuevas cosas.

29. Ayudar a quien lo necesite: practicar la misericordia con otros.

30. Ser valiente: atreverme a vivir y vivir con intensidad.

Un nuevo día que ya no será un simple día más en la vida. Prepararás una agenda, una bitácora, un diario, o una libreta personalizada que si has llegado hasta este punto del libro, y has seguido mis recomendaciones, probablemente ya la has comenzado. En ella coloca la rueda de la vida que se presenta en este capítulo (Apéndice F). Identifica *el antes* de la organización de las prioridades de tu vida y *el después* de comenzar a realizar los cambios al trabajar contigo mismo. Coloca la lista de oraciones motivadoras y escribe una nueva en cada día del calendario. Repasa cada ejercicio que has realizado en cada capítulo, y te darás cuenta que has hecho un compendio, un resumen de tu vida hasta este punto. Añádele ese listado de metas reales —metas que sepas que vas a hacer, el tiempo y la dedicación para alcanzarlas— divídelas en metas a corto y a largo plazo. Dedícate tiempo, conócete, ámate, pídete perdón por el tiempo que te diste la espalda. Practica el siguiente ejercicio:

En la comodidad de tu hogar, selecciona un espejo en donde puedas observarte de cuerpo completo. Si tienes la posibilidad de que nadie te interrumpa ni esté presente, colócate frente al espejo desnudo. Obsérvate detenidamente, conoce cada área de tu cuerpo, explóralo. Conócete por primera vez en tu totalidad, físicamente, emocionalmente y espiritualmente. Observa tus contornos, tus curvas, tus proporciones. Aprende a aceptar quien eres por fuera y por dentro. Colócate tu ropa favorita, y nuevamente detente frente al espejo. Observa cómo te vez, cómo luce la ropa sobre ti, regálate una sonrisa. Si físicamente no es posible pararte frente a un espejo, pídele a alguien que coloque uno frente a ti, frente a tu cama o en donde estés. Pide que te brinden un momento a solas, obsérvate, preséntate a ti mismo:

"Hola, soy _____ mucho gusto en conocerte. Quiero que sepas que durante mucho tiempo no me había fijado en tu o tus _____ (coloca observaciones

positivas de tu físico, como por ejemplo: ojos bonitos, piel suave, pelo hermoso, piernas bonitas, rostro atractivo, cuerpo definido, entre otras). Ahora me doy cuenta de lo bien que te ves. Además, me gustaría ayudarte a que mejores _____ (menciona aspectos que entiendes que podrías mejorar de tu físico como: tu peinado, tus cejas, tu postura, tu condición física con ejercicios, tus hábitos alimenticios para que adelgaces), para que te veas mejor. Sé que de esta forma te sentirás aún mejor y aprenderás a sonreír más".

Identifica que este tipo de diálogo va dirigido a tu persona de una forma cortés, clara y positiva. No introduzcas vocabulario ofensivo, negativo, o despectivo. Recuerda que por primera vez te estás dando la oportunidad de conocerte como realmente eres, aceptarte a ti mismo y darte la oportunidad de cambiar y transformar aspectos que desearías modificar. El aceptarte a ti mismo, no significa que si te sientes inconforme —quizás por tu sobre peso, por tu pelo, entre otras— no hagas nada para mejorarlo. Al contrario, reconozco como soy, me acepto y busco que puedo mejorar para cuidar más de mí. Aún frente al espejo, obsérvate detenidamente a los ojos y regálate una sonrisa. Sonríe, estás vivo, respiras, puedes disfrutar de un nuevo amanecer cada día, de un día más para hacer tantas cosas.

Ahora bien, una vez has realizado este ejercicio, quizás te preguntes, ¿para qué me sirve? Es sencillo, el ejercicio mismo lo indica. Te estás dando la oportunidad de conocerte. Estás aceptando tu realidad física y tus áreas de oportunidad o lo que entiendes que deberías hacer para mejorar algo y cuidar de ti. Estás dándote la oportunidad de reconocer lo que desearías que los demás reconocieran en ti y aunque no lo hagan, ya sabes cuáles son tus atributos físicos que te hacen ver cómo eres. No te hieras a ti mismo, no te desvalorices, nadie tiene un cuerpo perfecto, nadie es el ser más bello del mundo, todos tenemos nuestras cualidades que nos hacen ver espectaculares, más aún, si sumada a esa belleza única exterior que todos poseemos, se le añade nuestros dones y cualidades que nos hacen diferentes, no tendrás nada que envidiarle a nadie. Dirige todo tu esfuerzo a reconocer tus valores físicos y nada ni nadie te hará cambiar tu forma de verte y sentirte. Recuerda que solamente existe una persona que te puede hacer sentir mal o hacerte creer que no mereces ser feliz, y ese únicamente puedes ser tú. Nadie puede herirte excepto que tú lo permitas; tú tienes y debes ejercer ese total control de tu vida. Nosotros, únicamente, somos los antagonistas de nuestra propia vida, cuando dudamos de nuestro potencial, cuando ignoramos nuestros dones, cuando nos convertimos en víctimas de otros, del estrés, de los hábitos, cuando no aprovechamos cada día de nuestra vida a dar lo máximo de nosotros. Somos antagonistas cuando sentimos lástima de nuestra situación, de nuestros tropiezos, de nuestras pérdidas y comenzamos el ciclo de quejarnos y lamentarlo, pero no hacemos nada para cambiarlo. Por otro lado, cuando te colocas barreras o límites en cosas que nunca has intentado y que no conoces los resultados, entonces desarrollas temor por lo desconocido, porque no sabes qué va a ocurrir y desconfías, dudas, te cuestionas y no das el paso. Es ahí cuando te conviertes en tu enemigo, porque no te estás permitiendo la oportunidad de experimentar, de aprender, de equivocarte y de intentarlo de nuevo. Pero sin embargo, tú eres la diferencia, porque escogiste leer este libro, porque no existen las casualidades, porque todo tiene una razón de ser y ésta es tu oportunidad de lograr tu tranquilidad y vivir tu vida de una forma plena. Al terminar este capítulo debes tener una idea clara de cuál es el propósito de tu vida. Pero si aún no has logrado identificarlo, estás a tiempo para hacerlo. Simplemente tienes que disfrutar de lo que sabes hacer, de lo que estás dispuesto a alcanzar y lo que podrás aprender de tu vida. No debes frustrarte o sufrir aún más si no conoces tu propósito. Muchas personas consideran y podrían afirmar que no es solo un propósito el que tenemos, que podemos tener varios propósitos de vida. Yo podría decir que es una cadena de acciones, oportunidades, deseos y satisfacción que llevan tu vida a un nivel de evolución, desarrollo, maduración y autorrealización, que sabrás que valió la pena tomar el primer paso para cambiar. Muchos no entienden lo valioso que es para cada ser humano estimar su vida, saber *el por qué* y *el para qué* de su vida. Al momento de la muerta, sabrás que tuviste una vida plena, llena de diferentes experiencias, alegrías, tristezas, dolor, amor, esperanza, fortaleza y fe. Viviste al máximo tu potencial y aportaste a la sociedad, al mundo que te rodea, de forma positiva.

Es tiempo que fortalezcas tu creencia y tu relación con el Ser Superior o Dios. Tener fe te da esperanza y te da la fuerza que necesitas para enfrentar cualquier situación que estés experimentando o puedas experimentar más adelante. Piensa que mientras más herramientas tengas para mantenerte enfocado en tu vida, más fácil podrás alcanzar tus metas. Por tal razón te aconsejo que te asegures de tener un fin positivo y te ayudes a ti mismo a seguir enfocado. Solo tú puedes decidir en qué creer, no estoy sugiriendo ni dirigiendo tu fe o tu creencia en una religión o denominación en particular, pero sí puedo con certeza decirte que la búsqueda de la espiritualidad es una base fundamental de la existencia y de la felicidad de la vida. Además, es importante siempre crear un balance, como lo pudiste ver en el ejemplo de la rueda de la vida. De esta forma, lograrás darle prioridad a lo que realmente lo tiene y lo merece, y los aspectos que una vez te atrasaron, no lo harán más. Dejarás de sufrir como lo has estado haciendo todo este tiempo. Ahora hazte la siguiente pregunta: *¿Crees que vale la pena sufrir por el pasado?* Entiendo que ahora podrás responder a la misma con una respuesta positiva y llena de ejemplos del por qué ya no es necesario seguir en esa práctica. Ya no hace sentido vivir atado a un pasado que ya no puedes modificar. Ya no tiene lógica cuestionarte qué pudiste haber hecho para lograr cambiar el resultado que estás enfrentando en estos momentos. Absorbe todo el conocimiento que puedas adquirir de tus situaciones difíciles y aprenderás a valorar los mismos, y encontrarás el lado positivo de las cosas. Observa a tu alrededor y piensa si tu sufrimiento es tan grave y único en la vida, o si existen personas con situaciones más difíciles y dolorosas que las tuyas, pero sin embargo, cada día de vida es un día más para seguir disfrutando de ella y cambiar.

Ahora solo falta una cosa, cómo mantenerte dirigido al cambio y no regresar a ese pasado que te hizo mucho daño. Cómo transformar el mismo hasta recordar lo aprendido, pero no sentir dolor al recordarlo. Somos seres humanos, somos seres que sentimos, padecemos, pero de igual forma somos personas que sanamos, cicatrizamos, progresamos, evolucionamos, avanzamos, es decir, podemos seguir adelante. Por esto, es importante que leas con precisión, con calma y con detenimiento las últimas páginas de este libro. Para que de esa forma puedas ayudarte a no perder el norte de tus metas y mantenerte en el camino correcto.

Ha sido una ardua trayectoria el proceso que decidiste emprender al momento que tomaste este libro en tus manos. Confío que para este momento tengas una perspectiva de la vida totalmente diferente, si es que realmente le has puesto el interés, esfuerzo, disciplina y dedicación, muy unido con la voluntad de cambiar y con la intención necesaria para seguir hacia adelante. Principalmente esta última, *la intención*, es una de las herramientas más poderosas que puedes poseer para alcanzar lo que te propongas. Esto lo afirma el autor del libro *Sincrodestino*, Deepak Chopra (2008), con quién concuerdo cuando plantea que *la intención* es uno de los ingredientes claves para alcanzar lo que te propongas en la vida, ¿por qué? Mira el siguiente ejemplo:

Dos estudiantes participan de la feria de ciencia en su escuela. Oscar entra a la feria porque le fascina la idea de crear un proyecto científico, mientras que William entra a la misma porque la joven que le interesaba estará en la feria. Oscar puso todo su empeño y dedicación para realizar su proyecto, tenía la intención de ganar la feria porque obtendría una beca para continuar sus estudios después de terminar su escuela superior. Mientras que William, le interesaba la ciencia, pero no tenía la intención de ganar la beca porque aún no tenía claro qué seguiría estudiando cuando finalizara la escuela superior. Finalmente cuando llegó el momento de presentar los proyectos, Oscar y William habían terminado la investigación. Ambos presentaron los mismos en la feria. Cuando llegó el momento de la premiación, Oscar se llevó el premio, mientras que William se llevó a la joven que tanto le agradaba.

Al analizar este ejemplo, te darás cuenta que ambos utilizaron la intención de forma diferente, pero para un mismo propósito: el alcanzar algo que deseaban para su vida. Oscar la utilizó para alcanzar la beca que quería, mientras que William la utilizó para alcanzar a la chica que deseaba conocer. La intención no es otra cosa que el impulso por el cual te dejas llevar para alcanzar lo que te propongas, es aquello que acompaña o impulsa la acción que realizas para lograr un propósito. Si tienes la intención de crear un cambio en tu vida, una nueva dirección en ella, ten la seguridad que comenzaste de la forma correcta. Mantén siempre esa intención de querer modificar y se mantendrá impulsando ese deseo de mejorar constantemente.

Otro de los factores que debes mantener para dirigir tu rumbo en la vida es monitorear (dar seguimiento o evaluar constantemente) tus motivadores. Recuerda que el principal eres tú, por tanto, siempre debes estar presente a la hora de proponerte alguna meta o llevar a cabo el propósito de tu vida. Identifica siempre qué beneficios obtendrás al realizar los cambios y al tomar las riendas de tu vida, y siempre visualízate de forma positiva y alcanzando tus metas. Piensa que en ocasiones, si las metas que has establecido no fueron claras o no están basadas en la realidad, entonces el riesgo de no alcanzarlas es mayor. Por tanto, es importante que comiences por evaluar cuán reales pueden ser las mismas y de esta forma te aseguras que según va pasando el tiempo, te vas acercando más al cumplimento de éstas. Esta acción te hará sentir más motivado porque estás dirigido y enfocado en alcanzar tus metas y el logro de las mismas produce un sentimiento de satisfacción. Considera que los tropiezos de tu vida o cualquier otro aspecto no esperado que puedas encontrar en un futuro, podrían desarrollar en ti la frustración. Pero entiende que todos los seres humanos no estamos exentos de esto. Todos en algún momento de nuestra vida lo hemos experimentado, esto es inevitable. Siempre estaremos expuestos en nuestra vida a diversas situaciones frustrantes, como por ejemplo:

1. Pérdida de empleo.

2. Perder alguna competencia.

3. Fracasar en un examen.

4. Finalizar una relación de pareja o amistad.

5. Accidente.

6. Situación embarazosa (caerse en público, entre otras).

Comenzamos a experimentar la frustración ante la idea misma que no podremos alcanzar lo que nos hemos propuesto o que no lo alcanzaremos para el tiempo que lo planificamos. Cuando creemos que no va resultar lo que pusimos en práctica, vamos perdiendo la confianza en nuestras acciones, y poco a poco vamos promoviendo la frustración. Pero mientras eso sucede... ¿Qué puedes hacer para enfrentar la frustración? Primero que todo, y como antes mencionamos, debes establecer metas reales. Establece las mismas y describe operacionalmente cómo las vas a alcanzar. Incluye los pasos a seguir. Por ejemplo: un viaje a Orlando. Piensa qué es lo primero que vas a hacer para poder viajar. Pues primero vas a establecer un presupuesto, vas a buscar el precio aproximando del viaje según la fecha y el tiempo que vas a estar en el viaje. Comienza a separar un 10% de tu salario para completar la cantidad de lo que vas a pagar por el boleto aéreo y lo que vas a utilizar para gastos. De esta misma manera, vas a ir explicando paso a paso cómo lo vas a alcanzar y en un tiempo aproximado. Si el tiempo que escogiste no es suficiente para alcanzar la meta, no quiere decir que fracasaste, quizás no calculaste el tiempo adecuadamente, pero puedes reorganizarte y establecer un nuevo tiempo. Lo importante es que una vez has establecido lo que deseas alcanzar, tengas claro qué otras posibilidades pueden ocurrir y qué otros factores podrían intervenir, para que si ocurren, no te tomen por sorpresa y puedas manejar la situación. Mientras te encuentras modificando y transformando tu vida, puede que sientas frustración porque toma más tiempo del que pensabas. Esto debido a que los resultados que esperabas no están surgiendo del todo o tienes que esforzarte más. Pero aún así, piensa que todo requiere tiempo y dedicación, todo debe trabajarse con esfuerzo para obtener buenos resultados.

Una vez comiences a poner en práctica lo que has aprendido, te darás cuenta que es más fácil con cada paso que das. Día a día tu vida será menos complicada y verás que hace más sentido. Es entonces que lograras tomar control y disfrutaras de ella como quizás nunca antes lo habías hecho. Además, recuerda que tú posees internamente el poder de la resiliencia. Con éste podrás sobreponerte a todo lo que se interponga y tendrás la voluntad para enfrentarlo. Tú serás tu propia motivación y sabrás cómo tomar decisiones correctas que te ayuden en el desarrollo de tu transformación.

Por otro lado, es importante que recuerdes siempre que cada uno de los tropiezos, engaños, pérdidas, accidentes o errores que te sucedan, son solo situaciones de vida en las que debes aprender y sacar lo positivo de éstas. Por más trabajo que te cueste, o por más que entiendas que no hay un lado positivo, siempre lo hay. Aprenderás a manejar una pérdida, a medir lo que digas, a evaluar tus decisiones, a enfrentar tus miedos, a valorar las personas que amas, entre muchas otras. Ahora sabrás que siempre que tengas una situación a la que llames *difícil*, pregúntate: ¿qué puedo aprender de ella? De esta manera podrás mantenerte siempre enfocado en lo que quieres alcanzar y no te rendirás. No hay mejor regalo que la vida misma, así que aprende a vivirla, dale el máximo, y recuerda que tus días no son simplemente un día más de vida, son un día más para _____.

Tú le añades el final a esta oración; no hay límites, complétala sin miedo. Yo voy a ti.

Ejercicios:

1. Identifica tus dones, si no lo hiciste en el Capítulo VI.

2. Repasa el ejercicio de la rueda de la vida, luego de terminar este capítulo.

3. Haz una lista de cuáles podrían ser tus propósitos de vida.

4. Completa la siguiente oración: *Mi propósito en la vida es* _____.

5. Escoge una agencia de servicios, un hospital, un asilo, un lugar dónde puedas servir de voluntario ayudando a otras personas. Verás cómo este ejercicio te ayuda a descubrir mejor tus cualidades, tus dones, y virtudes ocultas, y claro está, ayudarte a descubrir el propósito de vida.

6. Repasa cada uno de los capítulos ya leídos, así como los ejercicios de cada uno.

7. Mantén tu libreta o tu diario, el que hiciste durante la lectura de este libro, para que continúes con tu proceso de cambio en la vida y lo plasmes como recuerdo de superación y éxito.

8. Vive orgulloso de ti, de tus logros y de tus caídas, porque eso es lo que te hace ser humano y te demuestra que sigues viviendo.

9. Vive al máximo y ¡disfrútalo!

10. Trasmítele a todos los que te rodean, la dicha de vivir al máximo.

11. Enseña a otros a vivir al máximo. Sé un modelo de vida para otros.

[apéndice]

.

APÉNDICE A:
FRASES MOTIVADORAS

1. *"Yo soy sobreviviente"*.

2. *"Yo sé que puedo superar esta situación"*.

3. *"Ya mi tiempo de sufrir terminó, es hora de ser feliz"*.

4. *"La vida es un regalo, no importa los tropiezos que en ella tenga, porque ellos me hacen más fuerte"*.

5. *"Cada día es una nueva oportunidad de crecer"*.

6. *"La persona más importante en mi vida soy yo"*.

7. *"¿Para qué molestarme tanto por algo que no puedo controlar?"*

8. *"Mi situación no es la más difícil que he experimentado, yo podré superarla como he superado muchas otras"*.

9. *"Nunca estaré solo, siempre tengo seres especiales con los que puedo contar. Principalmente con Dios* (si no tienes creencia en Dios puedes incluir cualquier Ser Superior o deidad que desees)".

10. *"Lo mejor de todo es que mañana será otro día y podré intentar algo nuevo que sea para mi beneficio"*.

11. *"Hoy dedicaré tiempo para cuidarme a mí mismo"*.

12. *"Lo que me ocurrió en el pasado me dolió mucho, pero ahora es solo eso, el pasado. Ya no puede herirme más, es solo un recuerdo de lo que sobreviví".*

13. *"Por qué temo hacer _____ (completa la oración con la responsabilidad o tarea que necesitas hacer y temes hacerla), si yo tengo el talento y la preparación que necesito para realizarla".*

14. *"Me provoca mucha paz y tranquilidad el saber que lo único que puedo controlar es a mí mismo y no tengo que perder el tiempo intentando controlar a los demás".*

15. *"Si valoro mis cualidades, no tengo que preocuparme porque los demás las valoren".*

16. *"Cometí un error ¿y qué?, no soy perfecto, es normal que cometa errores, solo tengo que aprender y seguir hacia adelante".*

17. *"Me sentí ofendido, sino digo lo que sentí, no podrán entender porqué estoy así".*

18. *"Tengo derecho a expresar lo que siento, pienso y creo".*

19. *"Si esta situación no me hace feliz, ¿por qué debo seguir en ella?".*

20. *"Si no encuentro alternativas para mi situación, puedo buscar ayuda, esto no me hace débil, sino inteligente".*

21. *"Para qué señalar los defectos de los demás, si aún no he podido reconocer los míos".*

22. *"Algunas veces es bueno estar solo, así puedo reflexionar un poco sobre mis situaciones de vida y aprender a cambiar lo que no creo que esté bien".*

23. *"Cada experiencia de vida, por más difícil que sea, siempre tiene una enseñanza positiva y estoy dispuesto a aprenderla".*

24. *"No importa cuán duro me haya caído, sino cuán rápido me repondré y curaré mis heridas".*

25. *"Ayudar a los demás provoca en mí mucha satisfacción y placer".*

APÉNDICE B:
TABLA PARA TOMA DE DECISIONES

Recuerda corroborar la explicación de esta metodología en el Capítulo VI: Encuentra las soluciones, para que aclares cualquier duda al momento de completar la tabla. De necesitar más espacio para escribir, reproduce la hoja en varias ocasiones según tu necesidad.

PASOS	RESPUESTA
1. Identifica el problema. Defínelo. Contesta las siguientes interrogantes: ¿Quiénes?, ¿Cómo?, ¿Cuándo? y ¿Dónde? del problema.	
2. Selecciona que alternativas te pueden ayudar (*brainstorming*). Incluye todas las alternativas que se te ocurran.	
3. Busca recursos. Identifica quienes te pueden ayudar.	
4. Desarrolla un plan de acción. Enumera el orden en que realizarás las cosas para solucionar el problema.	
5. Visualiza el plan en marcha. Escribe que cosas pasarán si pones en práctica el plan. Incluye consecuencias positivas y negativas.	
6. Realiza el plan de acción. Compara resultados, que pensaste que ocurrirían.	

APÉNDICE C:
CONTRATO DE VIDA

Yo, _____ decreto en el día de hoy ____ de _____ del 20___ , que mi vida sí puede cambiar y que cuidaré de la misma con todo el esfuerzo y dedicación que me merezco. Establezco que entiendo que soy un simple ser humano y que por ello no soy perfecto. Tengo derecho a equivocarme, pero de igual forma puedo aprender de mis errores y seguir mi vida, porque nadie es perfecto, nadie tiene la respuesta ideal para todo. Entiendo que soy único en la vida, que existo porque soy importante y mi existencia tiene un propósito y un sentido. Me comprometo a dar el máximo de mí mismo y de conservar mi vida aún ante las adversidades que se me presenten. Sé que mi vida no siempre ha sido fácil, pero he tenido muchos momentos felices y he aprendido mucho de lo que he vivido.

Me comprometo a poner de mi parte para no rendirme, para seguir luchando y demostrarme a mí mismo que puedo ser feliz y que me faltan muchas cosas por vivir y por conocer, las cuales no deseo perderme. Reflexionaré cada vez que tenga pensamientos negativos y buscaré siempre ayuda de familiares, amistades y/o profesionales de la salud siempre que entienda que sea necesario. Sé que siempre existirá ayuda para mí y que mis días tendrán más significados que simplemente vivir otro día más, si no *un día más de vida para vivir al máximo.*

Recordaré siempre: ¿Para qué sufrir por algo que no puedo cambiar, si existe tanto por vivir y disfrutar?

---

firma

APÉNDICE D:
DIAGRAMA: DAÑO COLATERAL

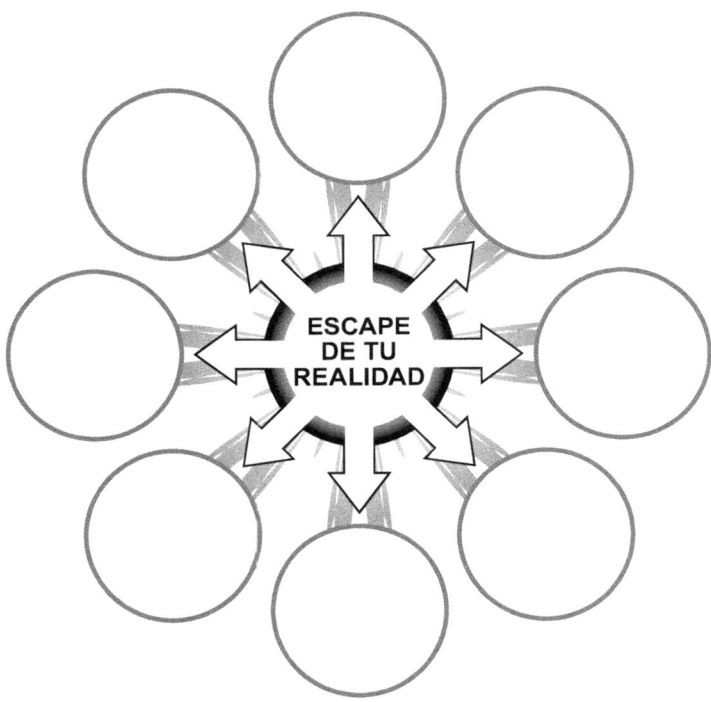

En este diagrama escribe el nombre de las personas que entiendes se verán afectadas si escoges "escapar de tu realidad". Si entiendes que los círculos no son suficientes, reproduce los mismos hasta completar los nombres de todos los que se pueden ver afectados.

APÉNDICE E:
ESTABLECIENDO PRIORIDADES

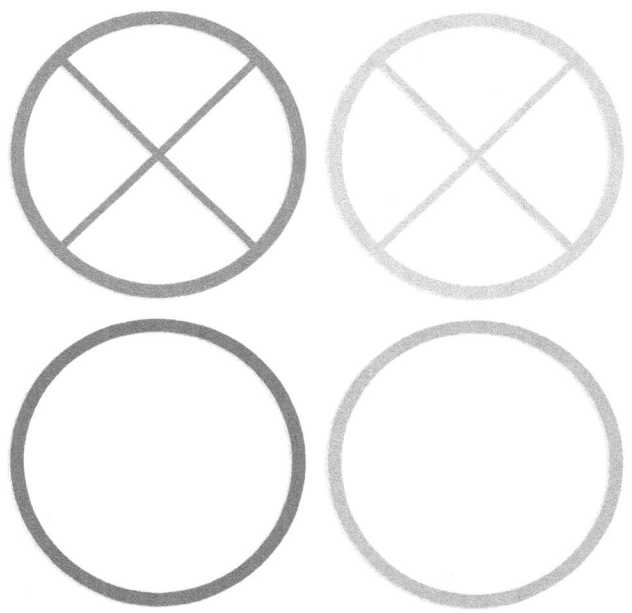

En estos diagramas puedes escribir en el interior de cada pedazo el área de la vida que tiene prioridad para ti. En este apéndice, utiliza la cantidad de diagramas necesarios para que puedas practicar la selección de prioridades, y cuál sería el porciento que le estarías otorgando a cada una en tu vida actual, según lo explicado en el Capítulo X. Según vaya pasando el tiempo, establece cómo van variando en porciento, según estés avanzando en la lectura de este libro. Puedes, además, añadir más prioridades y distribuir los porcientos entre cien en los círculos inferiores. Reproduce la hoja la cantidad de veces que entiendas necesarias para practicar y monitorear tus prioridades.

APÉNDICE F:
EJERCICIO: RUEDA DE LA VIDA

A continuación encontrarás el ejercicio que se te mencionó en el Capítulo X de este libro. Obsérvalo detenidamente y escribe en cada uno de los pedazos la puntuación que le asignas a cada área de tu vida en el momento presente. Reproduce esta hoja las veces que entiendas necesarias, para poder establecer que áreas has mejorado de tu vida y cuales debes darle mayor énfasis en este proceso que has decidido emprender al leer este libro.

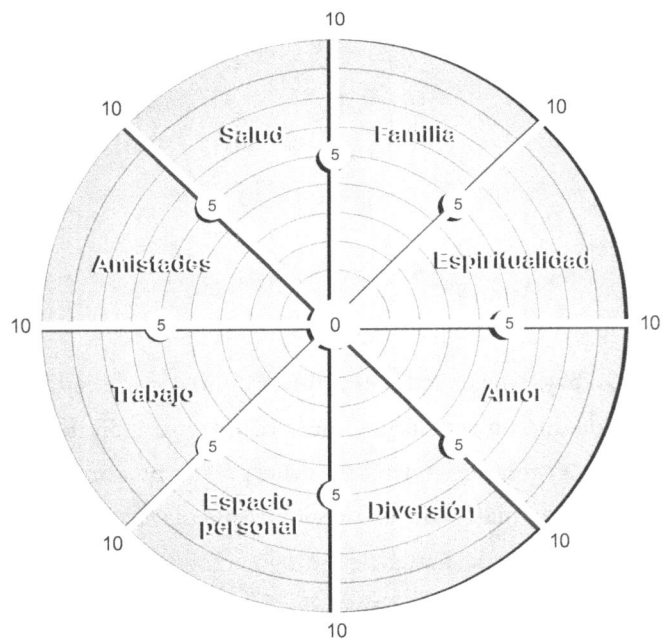

Adaptado de: http://psicotecnopatas.com/index.php/2010/10/19/la-rueda-de-la-vida/

El 0, significa la ausencia de esa área en particular en tu vida y el 10 es el desarrollo máximo de esa área. Coloca el número que le asignaste en cada uno de los renglones y coloca la fecha del día en que lo realizaste.

Nota del autor

Felicidades nuevamente, por haber finalizado este libro. Ahora necesito saber qué tienes que decir sobre el mismo. Dime qué lograste con él, qué ha cambiado en tu vida y el impacto en la misma. Tu opinión es sumamente importante para mí, porque con ella sabré si estoy cumpliendo mi meta de ayudar a todas las personas que adquieren el mismo.

Recuerda que este libro te brinda la oportunidad de transformar tu vida paso a paso y de una forma clara y precisa. Solo falta tu pensar, tu historia, tus éxitos y tus logros al transformar tu vida. No dejes la experiencia de leer el libro y ya; saca lo mejor de esta experiencia comunicándote directamente conmigo, dejando saber qué me tienes que decir.

Escríbeme al siguiente correo electrónico:

tupropositoysentidodevivir@gmail.com

o puedes escribir a la siguiente dirección postal:

HC-01 Box 5290
Ciales, PR 00638

Muchas gracias por darme la oportunidad de ayudarles en sus vida, mucho éxito y espero sus mensajes.

Dr. Juan G. Figueroa Carrer

Referencias

American Psychiatric Association (2000). *Diagnostic and Statistical Manual of Mental Disorders,* Fourth Edition, Text Revision, Washington, DC, American, American Psychiatric Association.

Beattie, Melody (1992). *Codependent No More: How to stop controlling others and start caring for yourself,* Second Edition, Hazelden Foundation, U.S.A.

Bernal, G., and Martínez-Taboas, A. (2005). *Teoría y Práctica de la psicoterapia en Puerto Rico,* Publicaciones Puertorriqueñas, Inc.

Bruke, E. (1997). *Edmund Burke: Selected writings and speeches.* Gateway Editions: U.S.A.

Burns, D. (2000). *Autoestima en 10 días: Diez pasos para vencer la depresión, desarrollar autoestima y descubrir el secreto de la alegría.* Ediciones Paidós Ibérica, S.A., Barcelona.

Burns, D. (2006). *Adiós, Ansiedad: Cómo superar la timidez, los las fobias y las situaciones de pánico,* Ediciones Paidós Ibérica, S.A., Barcelona.

Bonanno, G.A. (2004). *Loss, trauma and human resilience: Have we underestimated the human capacity to thrive after extremely aversive events?* American Psychologist, 59(1): 20-28.

Bourne, E. (2000). *The Anxiety & Phobia Workbook,* Third Edition, New Harbinger Publications, Inc.

Schiera, A. (2005). Revista II PSI. *Uso y abuso del concepto de resiliencia*, Vol. 8(2): 129-135.

Chopra, Deepak (2008). *Sincrodestino: Descifra el significado de las coincidencias y crea los milagros que has soñado*, Punto de Lectura, S.L., Torrelaguna, 60. 28043 Madrid (España).

Copeland, Mary Ellen (2001). *The Depression Workbook: A guide for living with Depression and Manic Depression*, Second Edition, New Harbinger Publications, Inc. Oakland, CA

Craig, Grace (1994). *Desarrollo Psicológico.* Sexta Edición, Prentice Hall Hispanoamericana, S.A.

García, Lily (2007). *Mueve las ruedas de tu vida: Descubre el poder de tus chakras*, Primera Edición, Ediciones Zebra, Puerto Rico.

Greenberger, D, and Padesky, C. (1998). *El control de tu estado de ánimo: Manual de tratamiento de terapia cognitiva para usuarios*, Primera Edición, Ediciones Paidós Ibérica, S.A., Barcelona.

Johnson, S. (2003). *Sí o no. Guía práctica para tomar mejores decisiones.* Editorial Urano

Kübler-Ross, E. (2008). *La Rueda de la Vida*, Primera Edición, Ediciones B, S. A., 2006 para el sello Zeta Bolsillo, Barcelona.

Kübler-Ross, E. (1969). *On Death and Dying*, First
Touchstone Edition, Simon & Schuster
Inc., United States of America.

Merck Sharp & Dohme (2005). *Manual Merck de Información
Médica para el Hogar.* Recuperado 30 de enero,
2011, de http://www.msd.es/publicaciones/
mmerck_hogar/seccion_07/seccion_07_085.html.

Patterson, R. (2000). *The Assertiveness Workbook,* New
Harbinger Publications, Inc. Oakland, CA.

Pérez S. (s.f.) Psicoterapia para aprender a vivir: Prevenir el
suicidio I. *Psicología Online.* Recuperado Enero
30, 2011 de http://www.psicología-online.
com/ebooks/psicoterapia/suicidio1.shtml.

Pérez S. (s.f.) Psicoterapia para aprender a vivir: Prevenir el
suicidio II. *Psicología Online.* Recuperado Enero
30, 2011 de http://www.psicología-online.
com/ebooks/psicoterapia/suicidio2.shtml.

Pérez-Sales, P. Y Vázquez, C. (2003). *Emociones positivas, trauma
y resistencia.* Ansiedad y Estrés, 9(2-3):235-254

Van der Heart, O. & Goosens, F. (1991, primavera/verano).
Rituales de despedida en la terapia de duelo.
Cuadernos de la terapia Familiar, 17, 35-44

Warren, Rick (2003). *Una Vida con Propósito: ¿Para qué estoy
aquí en la tierra?,* Editorial Vida, Miami Florida.

Weiss, Brian (2004). *Eliminar el estrés,* Primera
Edición, Ediciones B, S.A.

Whitfield, C. (1987). *Healing the child within.*
Health Communications, Inc.

www.ingramcontent.com/pod-product-compliance
Lightning Source LLC
Chambersburg PA
CBHW051131020726
47501CB00005B/1447